Camus muss st

Im Anhang finden sich ab S. 157 ein Personen- und Sachregister sowie ein Literaturverzeichnis zur deutschen Übersetzung.

CAMUS
GIOVANNI · CATELLI
MUSS · STERBEN

Aus dem Italienischen
übersetzt von Carsten Drecoll

emons:

Bibliografische Information der Deutschen Nationalbibliothek
Die Deutsche Nationalbibliothek verzeichnet diese Publikation in der Deutschen Nationalbibliografie; detaillierte bibliografische Daten sind im Internet über http://dnb.d-nb.de abrufbar.

Die Originalausgabe erschien 2013 unter dem Titel »Camus deve morire« bei Nutrimenti, Rom.

Umschlaggestaltung: Leonardo Magrelli unter Verwendung eines Motivs von wikimedia-commons/gemeinfrei
Gestaltung Innenteil: DÜDE Satz und Grafik, Odenthal
Druck und Bindung: CPI – Clausen & Bosse, Leck
Printed in Germany 2023
ISBN 978-3-7408-1985-9

Im Gedenken an
Imre Nagy und Salvador Allende

In bleibender Erinnerung an Hejo Emons

Das Unrecht, das nicht im Laufe des Lebens
einer Generation wiedergutgemacht wird,
endet im Nichts – als sei niemals etwas geschehen.
Alles verschwindet – die Ermordeten und die Mörder.

Jan Zábrana

Es geht darum, unversöhnt und nicht
mit vollem Einverständnis zu sterben.

Albert Camus

In diesem beunruhigenden Buch macht sich Giovanni Catelli daran, das Rätsel des Autounfalls zu lösen, der sich am 4. Januar 1960 ereignet und Albert Camus und seinen Verleger Michel Gallimard das Leben gekostet hat. Basierend auf jahrelanger sorgsamer Recherche konstruiert der Autor zwingende Argumente, um seine Behauptung zu stützen, sie seien die Opfer eines geplanten Mordes gewesen. Eine schreckliche Schlussfolgerung, aber schaut man sich die Belege an, die Catelli uns gibt, wird es schwierig, ihm nicht zuzustimmen. Dieser »Autounfall« sollte jetzt in eine andere Schublade eingeordnet werden, die der politischen Meuchelmorde. Camus wurde zum Schweigen gebracht, als er sechsundvierzig Jahre alt war.

Paul Auster

Vorwort

Albert Camus war ein freier Mann, unzähmbar, gefährlich. Gefährlich für die Macht, jede Art von Macht, denn er deckte ihre physiologische Verwandtschaft mit der Willkür, dem Missbrauch, der Ungerechtigkeit auf. Gefährlich für das schlechte Gewissen – der Franzosen wie der algerischen Rebellen, der Kollaborateure von gestern und der Stalinisten. Gefährlich für die bürgerliche Moral wie für die Schicht der Intellektuellen. Er war stets gefährlich, weil er in der Lage war hinzusehen – mit dem Blick seines kritischen Geistes, seiner unbeugsamen Anständigkeit und seiner bedingungslosen Liebe für den Menschen, für jedes Leben.

Vielen kamen sein Tod und sein künftiges immerwährendes Schweigen sehr gelegen: den französischen Nationalisten, die die Unabhängigkeit Algeriens nicht wollten, den algerischen Extremisten, denen seine gemäßigte Einstellung hinsichtlich des Schicksals der »Pieds-noirs« nicht passte – sie wären im Fall der Unabhängigkeit die französischen Algerier gewesen. Sein Tod kam den reaktionären Kräften entgegen, die in Camus einen Vertreter der Résistance und der Linken sahen, wie auch den Stalinisten und der Sowjetunion, die er mit ungewöhnlicher Härte für ihren Einmarsch in Ungarn 1956 kritisiert hatte. Und er passte auch den spanischen Faschisten, denen er sich mit Beiträgen und öffentlichen Reden entgegenstellte, die er bei jeder Gelegenheit anprangerte, damit der Westen sie nicht in den internationalen Institutionen akzeptierte.

Dass Camus' Tod das schlichte Ergebnis eines gewöhnlichen Verkehrsunfalls gewesen sein sollte, war schon immer schwer zu glauben. Das Schicksal verschwört sich nicht zufällig gegen einen einzelnen Mann. Es sind eher die anderen Menschen, die so etwas tun.

Nun ist aus dem trüben Fluss der Zeit eine deutliche Spur aufgetaucht, die auf einen Namen hinweist, eine Anordnung, eine Tötungsabsicht. Vielleicht hat tatsächlich jemand Albert Camus' Tod beschlossen. Diese Spur ist ziemlich deutlich, und deswegen ist es unsere Pflicht, ihr nachzugehen, damit das, was geschehen ist, nicht dem Vergessen anheimfällt, sondern ans Tageslicht kommt und in den Fokus der historischen Forschung gelangt. Die nackte Wahrheit über die Ereignisse soll unseren Nachfahren bekannt sein, und sie sollen sie voll und ganz verstehen.

Im Laufe der Nachforschungen spielen einige reale, zum Teil noch lebende Persönlichkeiten von großem literarischen wie menschlichen Ansehen die Hauptrollen. Ihre Lebenswege haben sich mit dem Camus' gekreuzt, häufig auf eine unvorhersehbare, aber immer fruchtbare und manchmal entscheidende Weise.

Diese Personen haben in Prag und in Moskau gelebt. Es sind Jan Zábrana, Marie Zábranová und Boris Pasternak. Die Wahrheit über das Schicksal von Albert Camus kann also aus Prag und aus Moskau sowie aus Paris kommen.

Ein Komplott

Albert Camus starb an einem Januartag im Jahr 1960. Der Mann, der sein ganzes Leben lang für das Menschliche eingetreten ist, gegen die Ungerechtigkeit und gegen das Absurde, verschied ohne Grund, ohne erkennbare Ursache, noch dazu unter einem Umstand, den er selbst als ein Extrem des Absurden definiert hat: den Verkehrsunfall.

Auf einer breiten Landstraße in Frankreich, nicht weit von Paris, bei bestem Licht zur Mittagszeit war der Wagen ruhig und schnell unterwegs, mit Michel Gallimard, dem Verleger und Freund, am Steuer. Auf weiter, gerader Strecke ließ nichts die kommende Tragödie erahnen.

Alles geschah dann ganz plötzlich.

Vorbeifahrende Autofahrer bestätigten später, dass das Auto mit hoher Geschwindigkeit »eine Art Walzer tanzte«. Nach einigen Schlenkern, die die Passagiere auf den hinteren Sitzen (die Ehefrau und die Tochter von Michel Gallimard) als eine scharfe Kurve wahrnahmen – »als sei unter dem Fahrzeug etwas zusammengebrochen« –, traf das Auto mit voller Wucht eine der Platanen, die die Straße säumten, kollidierte einige Meter entfernt mit einem weiteren Baum und wurde praktisch völlig zerstört.

Camus erlitt einen Schädel- und Halsbruch und war sofort tot. Michel Gallimard wurde blutend auf dem Boden gefunden. Er sollte einige Tage später im Krankenhaus sterben. Seine Frau lag am Unfallort neben ihm und stand unter Schock. Die Tochter fand sich in zwanzig Metern Entfernung wieder, bewusstlos und voller Schlamm, aber unverletzt.

Nach dem Biografen Herbert Lottman »scheint der Unfall auf ein blockiertes Rad oder einen Achsbruch zurückzuführen zu sein, doch nicht einmal die Experten konnten sich diesen katastrophalen Unfall erklären, auf gerader Strecke, einer neun Meter breiten Straße und bei wenig Verkehr«.

Genau.

Die Ereignisse wiesen von Anfang an einen Riss auf, es gab einen Sprung in der offenbaren Logik der Dinge. Nichts Triftiges, sicher, aber genug, um den Zweifel zu säen, das Gefühl, dass die Realität vom Schein der Dinge verdeckt würde und dass sich hinter der scheinbaren Einfachheit des Geschehens ein anderes Muster verstecken könnte.

Viele wiesen die grausame Gradlinigkeit des Ereignisses zurück, den schlichten, fatalen Ausgang des tödlichen Unfalls. Irgendetwas schien nicht zu stimmen. Die Ironie des Schicksals konnte doch nicht auf so perfekte Weise das reale Geschehen mit der gleichsam übernatürlichen Vorahnung Camus' in Einklang bringen.

Wer Camus liebte, wer seine Würde und seine Botschaft bewahren und schützen wollte, dem kamen eine dermaßen schlichte Offensichtlichkeit, ein so »symmetrisches« Schicksal falsch vor, unglaublich, irreal. Noch viele Jahre später, mit einiger Distanz zu den Fakten und den genauen Umständen, sollte auch anderen stillen Weggefährten ein einfacher Unfall unangemessen, nicht authentisch vorkommen, wie ein unglücklicher und wohlfeiler Theatercoup.

Diese stumme Gewissheit sollte die Betroffenen lange begleiten, zusammen mit einer vagen Unruhe und einem Gefühl, dass Betrug und unsichtbare Machenschaften am Werk waren. Bis eines Tages das Schicksal, das pure und wahre Werk des Zufalls, eine Spur zutage förderte, ein unerwartetes Zeugnis, den harten Beweis, der die Zeiten überdauerte. Das Indiz, das den Anschein auf den Kopf stellte und ein fernes Komplott enthüllte.

Symmetrie

Die Schicksalhaftigkeit ist einfach wunderbar: Sie erlaubt – praktisch wie durch Zauberhand –, langjährige Probleme zu lösen, unentwirrbare Schwierigkeiten und peinliche Zufälle zu klären.

Ein Mann, ein Intellektueller von großem Ruhm, der sich an verschiedenen Fronten engagiert, der sich ganz allein Weltmächten entgegenstellt, sagt eines Tages: »Der Gipfel der Absurdität ist der Tod durch einen Verkehrsunfall.« Und siehe da, als sei er ein Prophet des Absurden, ist ausgerechnet er ein Kandidat für einen solchen Tod und stirbt bei einem Unfall.

Wenn so etwas passiert, hat die scheinbare Symmetrie des Schicksals ihren Kreis vollendet, die unbeabsichtigte Prophezeiung erfüllt, die Überlegungen des Opfers und seine Mutmaßungen über die Zukunft bestätigt.

Im Fall von Albert Camus blendet alle eine gewaltige Illusion, Kenner wie Unwissende, Intellektuelle wie die Öffentlichkeit, Kritiker wie Gefolgsleute. Es wird eine Symmetrie gegeben haben, aber sie bezieht sich nur auf die Attacke, die Bedrohung und das unerklärliche Ende, absurd, wie es im Buche steht, als sei es geplant und vorherbestimmt gewesen. Welches Schicksal hätte besser gepasst als diese extreme Kohärenz, diese erfüllte Prophezeiung, dieses Ende, das so hellsichtig die Logik eines Lebens bestätigt? Welche bessere Synthese könnte es geben zwischen Wahrheit und Täuschung, Absurdität und Komplott, Bestimmung und Planung, Prophezeiung und Ausführung?

Die Realität, die Wahrheit der Fakten, kann mit einer solchen Perfektion nicht mithalten, mit dieser totalen Konvergenz, dieser vollkommenen Schicksalhaftigkeit und dieser perfekten Intrige: der absolute Unfall und die absolute Sabotage.

Nach sechzig Jahren haben wir uns immer noch nicht aus dieser tödlichen Umarmung von Illusion und Wahrheit befreit, bei der die Beweise die Wucht des Hinterhalts zu stützen und zu absorbieren scheinen, bis sie mit ihrer Transparenz, ihrer scheinbaren Neutralität alles ausradieren.

Jedoch hat das Schicksal die Ereignisse nicht für immer begraben. Es hat im Lauf der Jahre zarte, ferne Spuren der Wahrheit gesät. Die verlässlichsten hat es in Prag hinterlassen, im Jahr 1980, also bereits zwanzig Jahre nach dem Unfall. Es sind entscheidende Spuren, die eine kalte und minutiöse Präzision erkennen lassen, die reich an Details sind und in Verbindung mit unbestreitbaren Fakten und Daten stehen. Fakten und Daten, die man in der Tschechoslowakei von 1980 unmöglich kennen und überprüfen konnte, befand sich das Land doch im Würgegriff der Sowjetunion, erst recht nach den Ereignissen in Folge der Charta 77.

Diese Spuren hat das Schicksal einem besiegten Mann geschenkt, der sich schon mit dem übermächtigen Geist der Geschichte wie auch mit seiner persönlichen Niederlage und seiner Verzweiflung abgefunden hatte.

Dieser Mann hat sie bewahrt, ohne jemandem davon auch nur ein Wort zu sagen.

Wenige Jahre später ist er gegangen.

Für immer.

Dieser Mann war ein Dichter, ein Übersetzer, ein leiser und unermüdlicher Zeuge der unglücklichen Zeit, die die Geschichte seinem Land, seinen Eltern und ihm selbst vorbehalten hatte.

Er wusste, dass er sich unterwerfen musste, doch wollte er dies nicht tun, ohne zu erinnern, ohne die Zerstörung zu dokumentieren und eine Chronologie des Zerfalls niederzuschreiben. Nur für sich selbst vielleicht, vielleicht aber auch für den, der sich in Zukunft über diese Jahre beugen würde, schrieb er ein Tagebuch, in dem er Ereignisse und Gedanken versammelte, mit denen er sich jeden Tag dem Ekel und der Erniedrigung entgegenstellte.

Über Jahre gelang es ihm zu widerstehen. Dann wurde er krank.

Er hinterließ seine Unterlagen der geliebten Ehefrau. Dann ging er.

Er war der Mann aus Prag.

Die Reste des Wagens, in dem sich Camus befand, nach dem tödlichen Unfall.

Der Traum

In der Nacht des 2. Januar 1960 hatte Albert Camus einen Alptraum. Er träumte, er würde in der Dämmerung auf einer Landstraße von vier Männern ohne Gesichter verfolgt. Sie liefen langsam, so als wollten sie ihn gar nicht wirklich einholen, dennoch kamen sie näher und wurden immer bedrohlicher. Auch er lief trotz seiner kranken Lungen, erstickte fast bei der extremen Kraftanstrengung, atemlos, lief, drehte sich mehrfach um, um seinen Vorsprung einzuschätzen, und versuchte vergeblich, diese Gesichter aus Gummi, diese blanken Visagen ohne Physiognomie, zu erkennen.

Endlose Zeit lief er, ohne an etwas anderes zu denken als die Flucht, nach Luft schnappend, verzweifelt, wie ein Ertrinkender. Da sah er in einer Seitenstraße ein Auto ankommen, stürzte hin, um es anzuhalten, indem er mitten auf der Kreuzung mit den Armen wedelte. Es gelang ihm einzusteigen, und der Wagen fuhr sofort wieder los.

Er versuchte, Luft zu bekommen und sich von der Anstrengung zu erholen. Im Dunkel, das sich unversehens ausbreitete, bemühte er sich, das Gesicht des Fahrers zu erkennen, aber die absolute Finsternis hinderte ihn daran. Der Wagen fuhr jetzt mit großer Geschwindigkeit, immer schneller, durch eine verlassene, anonyme Landschaft. Er stellte dem Fahrer eine Frage, ohne eine Antwort zu erhalten. Die Stille im Wageninneren wurde dichter. Plötzlich erleuchteten die aufgeblendeten Scheinwerfer eine große Kurve und ließen frontal die hohe Mauer eines Bauernhofs erkennen. Das Auto fuhr mit wahnwitziger Geschwindigkeit, ohne das geringste Zeichen des Einlenkens. Als der Aufprall unvermeidlich schien, warf er sich mit einem Schrei auf das Lenkrad. In diesem Moment fiel er aus dem Bett und erwachte, immer noch keuchend vor Angst.

Die Reise

Obwohl er bereits ein Zugticket für die gemeinsame Reise mit René Char gekauft hatte, stieg Albert Camus am Montag, den 3. Januar 1960 in das Auto seines Freundes und Verlegers Michel Gallimard, um sein Haus im südfranzösischen Lourmarin in Richtung Paris zu verlassen. Gallimards Ehefrau Anne und seine Tochter Janine begleiteten sie, zusammen mit ihrem Hund. Um das Auto nicht zu überfrachten, hatte Char sich entschieden, wie geplant mit dem Zug zu fahren.

Am Tag zuvor hatte Camus bereits seine Ehefrau Francine und die Kinder zum Bahnhof von Avignon gebracht, damit sie vorausfuhren. Am Morgen des 3. Januar rief er seine Sekretärin in Paris an, um ihr mitzuteilen, welche künftigen Anfragen abzulehnen seien, und um seine Rückkehr zu bestätigen. Vielleicht wurde der Anruf abgehört, aber auch so ließen zahlreiche Quellen exakt bestimmen, wo sich der Schriftsteller aufhalten würde. Am 30. Dezember hatte er der Schauspielerin Catherine Sellers, einer seiner Geliebten, geschrieben, um seine bevorstehende Ankunft mitzuteilen. Am 31. hatte er ihr noch einmal geschrieben, beginnend mit den Worten »Das ist mein letzter Brief …«, und den Tag seiner Ankunft angekündigt: »Dienstag, meine Liebe, küsse ich dich schon …«

Am 30. Dezember hatte er auch der wichtigsten Frau in seinem Leben, seiner berühmten Gefährtin, der Schauspielerin Maria Casarès, geschrieben und ihr detaillierte Informationen zukommen lassen. »Ein letzter Brief … nur um dir zu sagen, dass ich Dienstag ankomme, ich fahre mit den Gallimards zurück. (Sie kommen Freitag hier an. Ich rufe dich bei meiner Ankunft an, aber wir können uns schon für Dienstag zum gemeinsamen Abendessen verabreden.)«

Verschiedene Personen konnten also mit hinreichendem Vorlauf die Reiseetappen und Pläne von Camus kennen. Die Entourage der beiden Schauspielerinnen war voller potenzieller

Informanten. Die politisch engagiertesten waren die in Maria Casarès' nahem Umfeld, und die Informationen, die sie erhalten hatte, waren die genauesten. Vielleicht gelangten von ihr – ohne dass sie es geahnt hat – die entscheidenden Hinweise zu Camus' Mördern.

Am 29. Dezember hatte Camus zudem an Mi, eine neue Gefährtin in Dänemark, geschrieben, die ebenfalls im Begriff war, nach Paris zu reisen.

Es dürften tatsächlich viele gewesen sein, die die Pläne des Schriftstellers gekannt und von seiner Absicht, mit den Gallimards im Auto zurückzukehren, gewusst haben konnten. Es blieb also genügend Zeit, um eine Operation zu organisieren. Die Gelegenheit war besonders günstig.

Die Abfahrt

Am Morgen des 3. Januar also stieg Camus, nachdem er wie üblich Madame Ginoux die Hausschlüssel anvertraut und ihr versichert hatte, in acht Tagen zurückzukehren, in den hochmotorisierten Facel Vega, um seine Reise anzutreten.

Der Verleger Robert Laffont hatte Michel Gallimard einige Tage vorher geraten, mit dem Zug in den Süden zu fahren, aber Gallimard hatte darauf bestanden, Camus zu besuchen und mit ihm zurückzukehren. Die Geometrien des Schicksals sind häufig zufällig, leicht und luftig wie Schaum. Sie kondensieren plötzlich wie durch einen Zauber. Manchmal jedoch gräbt sich ihre Spur mit heimlicher Hartnäckigkeit in die Dinge ein und entspricht, aus der Ferne betrachtet, einem präzisen Muster, einer genauen Absicht und einer definitiven Exaktheit.

Genau an jenem Tag hatten dieser Wagen und diese Menschen eine vorgezeichnete Route vor sich. Und andere Männer würden dieser Route folgen.

Nachdem sie ihren Freunden Mathieu und Jacques Polge Adieu gesagt haben, nimmt die Gruppe die Nationalstraße 7 Richtung Orange, wo man zum Mittagessen anhalten wollte. Die Fahrt ist entspannt. Michel Gallimard, gewöhnlich schnell unterwegs, lässt es ruhiger angehen und unterhält sich mit seiner Familie und seinem Freund Albert. Diese Entscheidung garantiert vielleicht für den Moment noch die Unversehrtheit der Reisenden.

Jemand begleitet sie, ganz still, ohne aufzufallen. Die Reise ist noch sehr lang, die Möglichkeiten, aktiv zu werden, sind noch vielfältig.

Am Nachmittag wird die Reise fortgesetzt, das Ziel ist bekannt: das Hotel und Restaurant Le Chapon Fin im Ort Thoissey, kurz hinter Mâcon. Da die Ferien zu Ende gehen und sie das hohe Verkehrsaufkommen vorhergesehen haben, haben sie Zimmer gebucht, um sich zu erholen und die Reise in zwei

Etappen aufzuteilen. Keinerlei Eile treibt sie. Und auch das Schicksal kennt im Vorhinein die eigenen Termine.

Die Übernachtung würde die Reise weniger anstrengend machen. Am nächsten Tag würden sie nach Paris weiterfahren, ausgeruht und ohne Zeitdruck. Die Nacht würde lang sein in dem kleinen Ort, und nicht alle sollten schlafen.

Die Reisenden sind ahnungslos und fröhlich. Sie erwartet ein heiteres Abendessen in geselliger Atmosphäre. Noch stehen die Stunden offenbar unter einem guten Stern und bringen nur angenehme Momente hervor. Die geheimen Gesetze der Welt, ihre gewetzten Waffen scheinen weit weg. Der Zugriff der Macht auf die einzelnen Geschicke ist noch unsichtbar, weit entfernt, unwirklich. Überlassen wir die Männer und Frauen ihren letzten Stunden der Unbeschwertheit.

Der Mann aus Prag

Der Mann aus Prag war ein Dichter. Ein Mann, den die Geschichte früh durch das Schicksal seiner liebsten Angehörigen verletzt hat. Die Eltern, Sozialisten, sind nach 1948 vom Regime verfolgt und inhaftiert worden. Er hat sie unter der Last der Gefangenschaft, der Entbehrungen und Krankheiten vergehen und sterben sehen. Die Hoffnungen einer ganzen Generation auf eine gerechtere Gesellschaft sind früh von der Bürokratie, der stumpfsinnigen Unterdrückung und der Geheimpolizei erstickt worden.

Die Literatur war für ihn stets der Rückzugsort vor den kontinuierlichen Umstürzen der Existenz, vor den täglichen Schwierigkeiten, dem zunehmenden Sich-Auflösen der Hoffnungen, der Illusionen. Neben der Poesie eröffnete ihm die Kunst der Übersetzung geheime Paradiese, die die Geschichte, das Leben und die tägliche Verzweiflung nicht erreichen konnten. Nach und nach erarbeitete er sich einen immer solideren Ruf, eine immer klarere moralische Autorität, und blieb dabei in der Stille und im Schatten der unerträglichen Attacken der Ereignisse, der Beleidigungen, die die Geschichte, die Imperien, die Invasoren seinem Land weiterhin antaten. Jenem Land von wunderbarer Bildung und Kultur hatte das kurze Jahrhundert die Unabhängigkeit geschenkt, aber ziemlich schnell auch die Nazibesatzung und nach der Befreiung eine neue ausländische Tyrannei. *Pravda vítězí* – die Wahrheit wird siegen, behauptete der Prophet Jan Hus, verraten und verbrannt auf dem Scheiterhaufen Jahrhunderte zuvor. Aber das Leben des Menschen ist kurz, zerbrechlich, seine Kraft begrenzt. Das Leben der Staaten, der Imperien – mögen sie auch träge, zynisch und unterdrückerisch sein – ist so viel länger und widerstandsfähiger, dass es eine hoffnungslose Kampfansage an das unbewaffnete Individuum darstellt.

Die kurze Periode von 68, der Prager Frühling, war wie ein

Traum gekommen, die Utopie des Sozialismus mit menschlichem Antlitz, der Dritte Weg, der von den beiden Großmächten so gefürchtet wurde und den sie nicht schnell genug ersticken konnten. Denn beide wussten um die Gefahr, wussten, welche Kraft durch Hoffnung genährt wird, durch Bildung und die Freiheit des Geistes. Er war kurz, jener Traum, aber er war dennoch in der Lage, in wenigen Monaten Jahre der Angst und der Repression, Jahre der düsteren Kurzsichtigkeit und der gemeinen Denunzierungen, der erstickenden Kontrolle wiedergutzumachen.

Im Sommer verwirklichte sich noch ein anderer Traum, diesmal ein privater: die Übersetzung des »Doktor Schiwago«, seit Langem beabsichtigt, errungen auf Umwegen, die eines eigenen Romans würdig wären, und schließlich fast fertig – bis in einer Schicksalsnacht im August der Einmarsch begann, der eiserne Schlag, der den Vertrag des Warschauer Paktes brach. Die schwarze Horde, die Panzer, die Besatzer, alle wie Schakale von der Leine gelassen, um neue Veröffentlichungen zu verbieten, erneut die unzensierte Freiheit zu ersticken, die Alexander Dubček vergeblich den fernen Herren – den Herrschern dieses Teils der Welt – schmackhaft zu machen versucht hatte.

In jener kurzen Zeit war alles möglich erschienen: Die Zensur war verschwunden, man plante neue Bücher, neue Übersetzungen, ohne Angst vor einem Veto, ohne Angst davor zu haben, zu reden, die eigenen Ideen, Meinungen und Hoffnungen auszudrücken. Die Möglichkeit, zu schreiben, frei zu übersetzen ohne politischen oder ideologischen Opportunismus, erschien fast unwirklich, wenn man die dunklen Jahre von Gottwald, des Prozesses gegen Slánský und der immer engeren Kontrolle durch die Mächtigen miterlebt hatte. Für die Intellektuellen war es ein geradezu irrealer Freiheitsrausch, der die anschließende Rückkehr zur Ordnung, zum feigen Gehorsam gegenüber den Anordnungen der Partei, gegenüber dem kulturellen und literarischen Geschmack, den ihre Statthalter, die Verantwortlichen der Kulturpolitik, zum Ausdruck brachten, umso schmerzhafter machte.

Alles sollte nun viel schwieriger werden, vor allem für jemanden, der sich eine Nische gegraben hatte, um zu schreiben, zu übersetzen, zu atmen, für jemanden, der die Zwischenräume, die die Macht frei ließ, für sein eigenes Talent nutzte, für seinen eigenen klaren Blick, seinen eigenen Geschmack als Dichter und Übersetzer. Es gibt einen beispielhaften Satz in seinem Tagebuch, der sein Gefühl von totaler Niederlage und der Vergeblichkeit jeglichen Schaffens bezeugt, das er – und vielleicht nicht nur er – angesichts der eigenen historischen Lage gefühlt hat: »… das eigene Talent heimlich wie ein Stück Scheiße unter dem Sand des Strandes zu vergraben, mitten in der Nacht.«

Er war der Mann aus Prag.

Sein Name war Jan Zábrana.

Jan Zábrana

Jan Zábrana betrat die Bühne der schicksalhaften Ereignisse in einer Buchhandlung am Opletalova-Platz in Prag an einem Nachmittag mit kaltem Licht, das sich schon der Dämmerung zuneigte.

Ich war stehen geblieben, um das Haus gegenüber anzuschauen, durch dessen Fenster man die Leere und den Himmel sah. Alles war zusammengebrochen, lediglich die Fassade hielt sich in einem fragilen Gleichgewicht aufrecht, in Erwartung einer Zukunft, die kommen würde, um sie zu stützen. Die ganze Vergangenheit war verschwunden, weggerutscht wie Sand unter den Füßen. Die zarte Architektur der Erinnerung war geblieben, ein Trugbild der Dinge, die hier stattgefunden hatten, die elegante Form einer Illusion, die nur der Tag mit seinem Licht entlarvte. In der Nacht wurden die Fenster wieder dunkel, das Nichts verdichtete sich jenseits der Fassade; niemand hätte die Abwesenheit eines wirklichen Hauses, seiner Mauern und der vom Schatten geschützten Zimmer vermutet.

Ich betrat die Buchhandlung, die Höhle voller Wärme, Licht und Worte, die ich manchmal besuchte in meinen Tagen als Vagabund, und ich verlor mich zwischen den Regalen, bewegte mich ohne einen bestimmten Wunsch. Da bemerkte ich auf einem Brett ein weißes Buch von erheblichem Umfang, das wegen seines Glanzes, verstärkt durch die Zellophanhülle, zwischen den anderen hervorleuchtete.

Ich las den Titel: »Celý život«.

Jan Zábrana. »Ein ganzes Leben«.

Ich kannte den Autor, seine Gedichte, aber ich hatte noch niemals dieses Buch in den Händen gehabt. Die Ausgabe war ganz neu. Der Verkäufer informierte mich, dass das Werk vor einer Weile in zwei Bänden erschienen und nach kurzer Zeit vergriffen gewesen sei. Der Autor erzählte von den dunklen und für ihn wie für andere schmerzhaften Jahren, und die Leser hatten in jenen Notizen, jenen täglichen Erinnerungsstücken, eine Spur des verbrachten Lebens gesucht, der Jahre, die auch sie erlebt hatten und die niemals gänzlich vorbei waren.

Später, in meinem Sessel, in der tiefen Stille der Nacht, in der ich durch die Fenster die Strömung der Moldau hörte, las ich die Gedanken von Zábrana. Wie er sich den dünnen Blättern Papier anvertraute, um mit der Niederlage zurechtzukommen, der Verhöhnung der Dinge, dem Fortschreiten des Todes in seiner Generation ohne eine mögliche Flucht oder Rettung. Ich las, wählte zufällig Seiten in dem voluminösen Band aus und näherte mich Zábranas späteren Jahren. Ich kam zum Sommer 1980. Ich las nur einen Abschnitt, und während ich las, bemerkte ich, wie ich den Atem anhielt. Mit großer Detailgenauigkeit wurde ein tödlicher Unfall geschildert, der sich zwanzig Jahre zuvor ereignet hatte: Albert Camus' Unfall.

Die Wahrheit

Die Worte waren präzise, einfach, geradeheraus. Eine mysteriöse Sparsamkeit, eine schicksalhafte Ordnung schien sie auf der Seite aneinanderzureihen. Eine lang vergangene Zeit, viele komplizierte Ereignisse, ein tödliches Komplott, die Täuschung der Dinge, die leichtfertige Kurzsichtigkeit der Menschen – dies alles war in jenen Worten enthalten und destilliert. Ein nicht wiedergutzumachendes Ereignis, der Tod eines Mannes, der an die Tode antiker Heroen erinnert, die vom Schicksal oder vom Neid der Götter niedergestreckt werden, während sie an der Schwelle zu ihren größten Taten stehen. Davon wurde erzählt, ein Schicksal in kurzen Sätzen zusammengefasst, besiegelt mit knappen, absoluten Formulierungen.

Wie die Geste des Schicksals, die wie der Blitz zuschlägt und nicht einmal Raum fürs Erstaunen gewährt, der Stimme keinen Atem lässt und keine Erinnerung an das Gefühl des Verlustes gestattet.

Alles war klar.

Die Gesetze der Welt hatten sich über einem Leben, über einem Mann geschlossen.

Die Gesetze der Täuschung und des Vergessens wurden dann darübergelegt, fein säuberlich, um den Namen der Mörder und die zentralen Ereignisse der Opferung vor der Geschichte und dem fragilen Erinnern der Menschen zu verbergen. Alles war äußerst schnell abgelaufen.

Und das ewige Vergessen, das Dunkel der Zeit, hatte sich sofort wieder über eine bereits verschwundene Realität, über die Gesten der Dinge, über das stumme Geschehen gelegt.

Wie Funken von einem fernen Feuer, von einem fernen Brand ohne Zeugen, gelang es den kurzen Worten eines Mannes dennoch, das zu retten, was das immerwährende Dunkel zu ersticken und für immer aufzulösen versuchte. Eine entrückte und mysteriöse Gerechtigkeit schien hier am Werk zu sein, die einen fragilen, unbekannten Zeugen als Boten auf die unwirtliche Welt entsandte, um einer unwissenden und besiegten Epoche zuzuflüstern und einem gerechten Mann den letzten Rest einer Wahrheit zu offenbaren – gleichsam das matte Glitzern eines von niemandem beobachteten Schiffsbruchs –, damit seine Spur für immer erhalten bliebe.

Am Ende des Sommers 1980 schrieb Jan Zábrana in seinem Tagebuch:

Von einem Mann, der viele Sachen weiß, der Quellen hat, von denen er sie wissen kann, habe ich eine sehr merkwürdige Sache gehört. Er behauptet, dass der Verkehrsunfall, bei dem Albert Camus 1960 starb, vom sowjetischen Geheimdienst organisiert worden sei. Sie haben einen Reifen des Autos beschädigt, dank eines technischen Instruments, das bei hoher Geschwindigkeit den Reifen zerschnitten oder durchlöchert hat. Der Befehl zu dieser Aktion der Liquidierung wurde persönlich vom Außenminister Schepilow erteilt, als Vergeltung für einen Artikel, der im Franc-Tireur im März 1957 veröffentlicht worden war und in dem Camus in Bezug auf die Ereignisse in Ungarn den Minister angegriffen und ihn ausdrücklich genannt hatte. Man sagt, es hätte drei Jahre gedauert, bis der Geheimdienst diese Aufgabe zu Ende bringen konnte.

Aber am Ende haben sie es geschafft, und zwar auf so vollkommene Weise, dass bis heute die Welt glaubt, Camus sei bei einem banalen Verkehrsunfall gestorben, so wie es jedem passieren könnte.

Jener Mann hat sich geweigert, mir zu sagen, wie er diese Information erhalten hat, aber er hat behauptet, dass sein Gewährsmann vollkommen glaubwürdig sei und dass er mit absoluter Sicherheit und ohne jeden Zweifel wüsste, dass sich die Dinge genau so ereignet hätten und dass sie Camus auf dem Gewissen hätten.

Das war alles.

Die Ehre und das Schicksal

Zu sterben beginnt man in einem mysteriösen Augenblick, der viel später vielleicht als entscheidend erscheinen wird. In der Gegenwart sind wir alle blind und ohne Richtung. Manchmal glauben wir, etwas zu wissen, stellen uns die Zukunft vor, auch wenn um uns herum nur Dunkelheit herrscht, düstere Finsternis. Albert Camus besaß einen Instinkt für die Ereignisse und erkannte die Dinge sofort, für die zu kämpfen richtig war. Vielleicht war er Ende des Jahres 1956 angesichts der Schwere der Ereignisse jenem Instinkt, seinem Sinn für Gerechtigkeit, gefolgt, ohne an die möglichen Konsequenzen zu denken. In einem gewissen Sinn ist ein Mann von Prinzipien unsterblich. Das, woran er glaubt, geht über ihn hinaus und überlebt ihn. Camus war seiner Zeit und seinem Leben bereits voraus. Wie zur Zeit der Resistance, als ihm das reine Überleben zweitrangig und unter bestimmten Bedingungen unerträglich erschien. Er hatte also nichts zu verlieren; jede Geste, jedes Wort hätte seinen Tagen einen letzten Sinn verliehen. Das war alles, was ihn antrieb.

Ende Oktober 1956 hatten die Sowjets den Aufstand von Budapest in Blut ertränkt. Ganz Europa hatte ohnmächtig dieser Unterwerfung beigewohnt und den Aufständischen moralische Unterstützung zugesichert. Camus konnte nicht schweigen, und er sprach mit der ganzen Empörung des Freigeistes, der die Tyrannei nicht akzeptiert, in welcher Farbe auch immer sie sich verkleidet. Auch appellierten die ungarischen Schriftsteller an ihn, die von der Invasion überwältigt waren und die ihren eigenen verzweifelten Hilferuf an die freien Stimmen des Westens richteten. Camus wurde aktiv, freigiebig lieh er der Sache seinen Namen und seine moralische Autorität. In den internationalen Zeitungen wurden seine Worte und seine Empörung veröffentlicht. In Paris, der Stadt seiner Kämpfe, der Heimat seiner unzerstörbaren Freiheit, hielt er denkwürdige

Reden. In ihnen wandte er sich nicht nur gegen die Invasion in Ungarn, sondern richtete sich auch mit scharfen Worten direkt an den Außenminister der UdSSR, Dmitri Schepilow, der das Handeln seiner Regierung mit Arroganz verteidigt hatte – auch im Sicherheitsrat der Vereinten Nationen, wo er offiziell die Sowjetunion vertrat.

Vierundzwanzig Jahre später berichtete Zábranas Quelle mit absoluter Exaktheit über die Ereignisse der Vergangenheit. Die Erinnerung an die Fakten hatte sich also in den fernen Zimmern Moskaus erhalten, nichts von Camus' Engagement war ihnen entgangen.

Denken wir an den enormen internationalen Respekt, den Camus, der zu dieser Zeit als Anwärter für den Nobelpreis gehandelt wurde, genoss, dann haben seine Aussagen sicher zu großer Irritation und Rachsucht bei den Sowjetspitzen geführt, insbesondere bei Schepilow. Zudem wurde zu jener Zeit auf das öffentliche Urteil der Intellektuellen viel mehr gehört, und es war gefürchteter, als das heute der Fall ist. Camus' Stellungnahme zu den Ereignissen in Ungarn hat in Europa und in der Welt tatsächlich großen Eindruck hinterlassen.

Er musste gestoppt werden. Egal, wie.

Die Worte

Albert Camus hatte sich also seit dem Herbst 1956 mit großer Entschlossenheit für den Aufstand in Ungarn ausgesprochen, angespornt auch durch einen Appell der ungarischen Schriftsteller an ihre wichtigsten westlichen Kollegen dieser Zeit. Der Appell stammte vom 4. November 1956 und wurde am 7. November während der tragischen Tage des Aufstands von Budapest noch einmal erneuert. Der Aufstand wurde durch den Einmarsch sowjetischer Truppen heimtückisch niedergeschlagen, woraufhin der Premierminister Imre Nagy willkürlich verhaftet und hingerichtet wurde, angeblich schuldig, sich der Normalisierung widersetzt zu haben.

Camus antwortete am 10. November im Franc-Tireur mit dem Artikel »Réponse à un appel«. Am 23. November sprach er sich bei einem Treffen französischer Studenten zugunsten von Ungarn aus. Dann gab er am 24. Februar 1957 in der New York Times ein Interview zum Thema.

In der Zeitschrift Demain Nummer 63 vom 21. bis zum 27. Februar 1957 schrieb Camus den Artikel »Le socialisme des potences« (Der Sozialismus des Galgens).

Im Oktober 1957 veröffentlichte die Londoner Times dann einen Aufruf von Camus mit dem Titel »Appeal for Hungarian Writers«, den er an eine Versammlung zu dem Thema in London gesandt hatte.

Schließlich erschien in der Zeitschrift Témoins vom Dezember 1958 der Artikel »Encore la Hongrie« (Noch einmal zu Ungarn), der ein Vorwort beinhaltete, das Camus für das Buch »La vérité sur l'affaire Nagy« 1958 geschrieben hatte.

Zwei seiner öffentlichen Äußerungen brachten ihm die Verurteilung des Sowjetministers Schepilow ein, den er direkt angegriffen hatte. Die erste Rede hielt er am 30. Oktober 1956 anlässlich eines Treffens der spanischen republikanischen Exilregierung. Sie wurde anschließend in der Monde Nouveau publiziert:

»Die Erde dreht sich weiter«, hat der sowjetische Außenminister Schepilow gesagt, nachdem er von dem unzivilisierten Einmarsch russischer Truppen berichtet hat. Sie dreht sich, tatsächlich, und mit ihr verblasst die Lüge, die lange genug triumphiert hat. Die Wahrheit, die so lange verhehlt wurde, beginnt uns zu erleuchten. Künstliche Welten, deren einziger Zement Blut und Terror waren, stürzen ein, zur Verwirrung und unter dem Schweigen derjenigen, die einst ihre Lobeshymnen gesungen haben. Die Freiheit, deren Nichtigkeit und notwendiges Verschwinden sie uns angekündigt und gezeigt haben, zerstreut an einem Tag die Tausenden von gelehrten Bänden und Armeen, unter denen man sie begraben hatte. Sie marschiert erneut, und Millionen von Menschen wissen, erneut, dass sie die einzige Hefe der Geschichte ist, ihr einziger Grund zu leben, und das einzige Brot ist, von dem man nicht genug bekommen kann.

Der berühmteste Beitrag, der auch von Zábranas Quelle zitiert wird, fand jedoch am 15. März 1957 in der Salle Wagram in Paris statt und wurde im Franc-Tireur vom 18. März 1957 mit dem Titel »Kádár a eu son jour de peur« (Kádár hatte seinen Tag der Angst) publiziert. Hierin greift Camus den sowjetischen Außenminister Schepilow, der in New York vor den Vereinten Nationen mit Arroganz aufgetreten ist und den sowjetischen Einmarsch verteidigt hatte, erneut frontal an.

Im Folgenden die Passage, die Schepilow betrifft:

Da Außenminister Schepilow auf seiner Rückreise aus Paris zu schreiben wagte, dass »die westliche Kunst dazu bestimmt ist, die menschliche Seele auseinanderzureißen und jede Art von Mördern herauszubilden«, ist es an der Zeit, ihm zu antworten, dass unsere Künstler und unsere Schriftsteller – wenigstens sie – noch niemanden massakriert haben und dass sie im Übrigen auch genügend Großmut besitzen, nicht die Theorie des sozialistischen

Realismus der Massaker zu beschuldigen, die Schepilow und die, die ihm ähneln, gedeckt und angeordnet haben.

Die Wahrheit ist, dass bei uns Platz für alles ist, auch für das Böse, selbst für die Schriftsteller von Schepilow, aber auch für die Ehre, für das freie Leben des Begehrens, für das Abenteuer der Intelligenz. Dem gegenüber ist Platz für nichts in der stalinistischen Kultur, außer für die Gardinenpredigten, für das graue Leben und für den Katechismus der Propaganda. Allen, die noch daran zweifeln konnten, haben es die ungarischen Schriftsteller entgegengeschrien, bevor sie ihre endgültige Wahl verkündeten, da sie heute lieber schweigen als auf Befehl zu lügen.

Der Beitrag fand viel Beachtung und war ein weiterer Baustein in Camus' fortwährendem Engagement, den Freiheitskampf der Ungarn nicht in Vergessenheit geraten zu lassen. Camus erwies sich für Moskau durch seine andauernde und unermüdliche Erwähnung der sowjetischen Übergriffe gegenüber der internationalen Öffentlichkeit als hartnäckiger Stachel im Fleisch. Das war nicht mehr hinnehmbar. Man musste etwas tun, um ihn zu stoppen.

Die Eintragung von Zábrana stammt aus dem Jahr 1980. Sie erwähnt detailliert den Text, den Camus vierundzwanzig Jahre zuvor im Franc-Tireur publiziert hat, und den Außenminister, den der Schriftsteller anklagte. Dabei ist es unmöglich, dass Zábrana sich mit solcher Genauigkeit an diese Episode erinnern konnte, mit der Ereignisse verbunden waren, die von den Problemen und der harten Realität der Tschechoslowakei nach der Charta 77 weit entfernt waren. Mit ziemlicher Sicherheit ist es seine Quelle gewesen, die das Ereignis auf Grundlage der ihr vorliegenden Informationen so genau einordnete und die wesentlichen Details nannte.

Ungarn

Der Einmarsch der sowjetischen Truppen in Ungarn 1956 stellte für die öffentliche Meinung in Europa und die gesamte nichtstalinistische Linke ein Trauma dar. Auf die Enthüllungen der Geheimrede Chruschtschows, die die wahre Natur des stalinistischen Regimes aufzeigte, war eine so brutale Operation gefolgt, dass man denken musste, im Wesentlichen hätten sich die Methoden Moskaus nicht geändert.

Nach dem Volksaufstand in Ostberlin 1953 und den Unruhen im Juni 1956 im polnischen Poznań (Posen), die von der Verschlechterung der Lebens- und Arbeitsbedingungen der Arbeiter in Osteuropa ausgelöst worden waren, reichte auch in Ungarn am 23. Oktober 1956 ein einfacher Funke, um einen Brand von unkontrollierbarem Ausmaß zu entfachen.

Am Nachmittag des 23. Oktober versammelt sich eine Studentendemonstration in Pest, um ihre Sympathie für die Proteste in Poznań sowie für Gomułka zum Ausdruck zu bringen. Treffpunkt ist das Denkmal des Dichters Petőfi, der im 19. Jahrhundert die Entstehung einer zwar nicht verbotenen, aber stark nationalistisch ausgerichteten Jugendorganisation inspirierte. Die anfängliche Versammlung entwickelt sich in Kürze zu einem gewalttätigen Protest. Die Menge bewegt sich Richtung Parlament, Zigtausende strömen auf das Stadtzentrum zu. Die Demonstranten zerstören eine Stalin-Statue, und eine große Gruppe gelangt vor den Sitz des Nationalradios. Die Sicherheitspolizei (ÁVH) schießt auf die Leute, und es gibt die ersten Opfer. Das Zentralkomitee der Kommunistischen Partei beschließt, den Eingriff sowjetischer Truppen »für den Notfall« anzufragen. Am 24. Oktober wird Imre Nagy zum Regierungschef ernannt und ersetzt András Hegedüs.

Das Eingreifen der sowjetischen Truppen macht die Revolte zu einem offen ausgerufenen Volksaufstand. Den Zivilisten händigt man Waffen aus, Polizeiautos werden in Brand gesetzt, die

Stellen der ÁVH von der Menge gestürmt. In den Fabriken formieren sich Arbeiterräte, die den Generalstreik ausrufen und die die hartnäckigsten Verteidiger der Revolte sein werden, selbst gegenüber der erdrückenden sowjetischen Übermacht.

Michail Suslow und Anastas Mikojan kommen nach Budapest, um den Botschafter Juri Andropow zu unterstützen und die Situation einzuschätzen. Die sowjetischen Streitmächte, die seit einiger Zeit in Ungarn stationiert sind, verfügen hauptsächlich über Panzer und erweisen sich bei der Niederschlagung des Aufstands nicht als effektiv.

Am 25. Oktober bildet sich die Regierung Nagy, und János Kádár wird anstelle von Ernő Gerő Parteisekretär. Ein Teil von Polizei und Armee geht zu den Aufständischen über.

Imre Nagy verhandelt mit den Russen, die ihn immer noch für vertrauenswürdig halten und für den Einzigen, der in der Lage ist, den Aufstand zu stoppen. Es gelingt ihm am 28. Oktober, einen Waffenstillstand auszuhandeln, bei dem der nationale und demokratische Charakter des Aufruhrs anerkannt wird und der die Auflösung der ÁVH sowie den baldigen Rückzug der sowjetischen Truppen vorsieht. Die Truppen beginnen tatsächlich, sich zurückzuziehen, doch sollte das nur ein großes Täuschungsmanöver sein.

Für ein paar Tage wiegt sich Ungarn in der Illusion, die Ansprüche der Großmacht abgewehrt zu haben. Doch die internationale Lage bietet den Russen einen bequemen Vorwand für ihren Einmarsch: Die Suezkrise beginnt, und gegen Ägypten, das den Kanal verstaatlicht hat, wird eine gemeinsame Offensive von England, Frankreich und Israel eingeleitet, die die Aufmerksamkeit der Weltöffentlichkeit auf diese Gegend lenkt.

Am 31. Oktober beschließt das Zentralkomitee der KPdSU den definitiven Einmarsch: Neue Truppen sollen einen massiven, zahlenmäßig übermächtigen Angriff starten. Der gleichzeitige Angriff der Westmächte gegen Ägypten erlaubt es den Sowjets, keine Anzeichen von Schwäche zu zeigen und in der öffentlichen Meinung mit dem Westen »gleichzuziehen«. Schon am 1. November erreichen die ersten gepanzerten Sowjeteinheiten die ungarische Grenze. Nagy verlangt vom Botschafter Andropow Erklärungen, der die Dinge herunterspielt. An diesem Punkt proklamiert Nagy, der sich der Bedrohung bewusst ist, Ungarns Neutralität und den Austritt des Landes aus dem Warschauer Pakt und fordert von der UNO, die ungarische Frage auf die Tagesordnung zu setzen. Er weiß, dass die Zeit knapp ist und dass sich um Ungarn ein unbezwingbarer Würgegriff legt. Der kurzzeitige Enthusiasmus wird bald der Verzweiflung und dem Terror weichen.

Am 2. November setzt die UNO die ungarische Frage auf die Tagesordnung.

Während am 3. November die letzten Verhandlungen laufen, nehmen Männer des KGB den General und Leiter der ungarischen Delegation Pál Maléter auf einem sowjetischen Militärstützpunkt rechtswidrig fest.

Am 4. November kommt die Rote Armee, die einst die Befreierin war, jetzt mit einem enormen Aufgebot von Streitkräften und viertausend Panzern, um einzumarschieren und die nationale Freiheit zu ersticken. Kádár, der nach Moskau geflogen war, kehrt ins Land zurück und kündigt in einer Radioansprache die Bildung einer neuen Regierung an.

Die Arbeiterräte leisten heroischen Widerstand, auch wenn die Kräfte allzu ungleich verteilt sind. Im Gegensatz zur ersten Offensive im Oktober lassen die Sowjets ihre Panzer durch Infanterie begleiten und unterstützen sie durch Luftbombardements und Artillerie – eine wahrhaftige Kriegsstrategie. Die Teile von Budapest, in denen Industrie und Proletariat zu Hause sind, leisten den hartnäckigsten Widerstand – hartnäckiger als das Heer, das praktisch enthauptet worden ist. Nachdem die letzten Hoffnungen geschwunden sind, verlangen die Arbeiterräte am 10. November einen Waffenstillstand.

Kádár bildet wirklich eine neue Regierung, deren Beginn auf den 3. November zurückdatiert wird, um die These aufrechterhalten zu können, eine bereits legitim im Amt befindliche Regierung hätte die sowjetischen Truppen eingeladen einzumarschieren.

Imre Nagy und andere Mitglieder der Regierung haben in der jugoslawischen Botschaft Zuflucht gefunden und hoffen auf die Möglichkeit eines politischen Asyls. Noch ahnen sie nicht, dass Chruschtschow auf die Inselgruppe Brijuni geflogen ist, um Tito zu überzeugen, ihm die Flüchtigen auszuhändigen. Am 22. November verlassen sie die Botschaft mit einer Garantie auf freies Geleit von Kádár, der ihnen die freie »Rückkehr nach Hause« zusichert. Stattdessen werden sie von den Sowjets verhaftet, die sie sofort deportieren.

Imre Nagy wird der Prozess gemacht, und er wird am 16. Juni 1958 zum Tod durch den Strang verurteilt, zusammen mit dem General Pál Maléter und dem Journalisten und Mitarbeiter Miklós Gimes.

Erst am 16. Juni 1989, einunddreißig Jahre später, konnte Imre Nagy zusammen mit den anderen Verurteilten feierlich bestattet werden und wurde vollständig rehabilitiert.

Der Aufruf

Am 4. November 1956, als die Invasionstruppen das Land schon belagern, sendet Radio Budapest eine Botschaft an die Intellektuellen in aller Welt: »Dichter, Schriftsteller, gebildete Menschen der ganzen Welt! Die ungarischen Schriftsteller wenden sich an euch. Hört unseren Aufruf. Wir kämpfen auf den Barrikaden für die Freiheit unseres Vaterlandes, für die Freiheit ganz Europas und für die Würde des Menschen. Wir werden sterben. Aber unser Opfer möge nicht umsonst gewesen sein. In letzter Stunde, im Namen einer massakrierten Nation, wenden wir uns an euch: Camus, Malraux, Mauriac, Russell, Jaspers, Einaudi, Eliot, Koestler, Madariaga, Jiménez, Kazantzakis, Lagerkvist, Laxness, Hesse und alle anderen Kämpfer des Geistes. Handelt!«

Am 8. November erhält Camus per Telegramm den Text des Aufrufes und wird sofort aktiv. Er wendet sich an Georges Altmann, einen Linksliberalen und Chef des von Camus bevorzugten Wochenmagazins Franc-Tireur. Am 9. November publiziert das Blatt den Aufruf der Ungarn, am 10. den von Camus.

Für Camus gibt es eine Parallele zwischen der tragischen Invasion Ungarns und der Zerstörung der spanischen Republik durch die Faschisten zwanzig Jahre zuvor, von der er in diesen Tagen (am 30. Oktober) gerade erst gesprochen hat, und zwar in einer öffentlichen Rede zu Ehren von Salvador de Madariaga, Historiker und Staatsmann, in der er Dmitri Schepilow, den sowjetischen Außenminister, zum ersten Mal persönlich attackiert hat. Den Mann, der dann seinen Kopf fordern sollte.

In seiner Antwort auf den Aufruf schreibt Camus:

Die Presse, darunter der Franc-Tireur, hat gestern den bestürzenden Aufruf veröffentlicht, den am Tag zuvor die ungarischen Schriftsteller an die westlichen Intellektuellen gerichtet haben. Da ich persönlich namentlich genannt werde, fühle ich mich auch verpflichtet, persönlich zu antworten, auch wenn ich nie mehr als in diesen dunklen Tagen unsere tragische Machtlosigkeit gespürt habe. Unsere ungarischen Brüder, eingeschlossen in einer Festung des Todes, wissen sicher nichts von dem ungeheuren Ausmaß der Empörung, die alle französischen Schriftsteller vereint hat. Doch sie haben recht zu denken, dass die Worte nicht ausreichen und dass es unerheblich ist, nur leere Klagen zu erheben, betrachtet man das ans Kreuz geschlagene Ungarn. Die Wahrheit ist, dass die ganze internationale Gesellschaft nach Jahren urplötzlich die Kraft gefunden hat, im Mittleren Osten zu intervenieren, aber im Gegenzug zulässt, dass Ungarn massakriert wird.

Bereits vor zwanzig Jahren haben wir zugelassen, dass die spanische Republik durch Truppen und Waffen einer ausländischen Diktatur zerdrückt wird. Dieser wunderbare Mut hat seine Quittung bekommen: den Zweiten Weltkrieg. Die Schwäche der Vereinten Nationen und ihre Zersplitterung führen uns Schritt für Schritt in den dritten Weltkrieg, der schon an unsere Türen klopft. Er klopft, und er wird eintreten, wenn wir überall auf der Welt nicht dem internationalen Recht Geltung verschaffen – zum Schutz der Völker und der Individuen.

Bevor wir daher den Gefühlen der Revolte, der fürchterlichen Traurigkeit und der Scham freien Lauf lassen, die uns angesichts der verzweifelten Appelle unserer ungarischen Brüder erfasst, glaube ich, dass es besser ist, alle, die in dem Aufruf vom 7. November genannt wurden, aufzufordern, einen positiven Schritt bei den Vereinten Nationen zu machen. Hier ist der Text, den ich ihnen vorschlage und der gleichzeitig unser Anliegen und unsere Verantwortung umreißt:

›Die europäischen Schriftsteller, deren Namen folgen, verlangen, dass die Generalversammlung ohne Verzug den Völkermord untersucht, dessen Opfer die ungarische Nation ist. Sie fordern, dass jede Nation in dieser Frage ihre Verantwortung wahrnimmt, die man registrieren wird, um über den sofortigen Rückzug der sowjetischen Truppen abzustimmen, über ihre Ersetzung durch eine Macht der internationalen Kontrolle, wie sie

den Vereinten Nationen mittlerweile zur Verfügung steht. Sie verlangen die Freilassung der Inhaftierten und Deportierten und die nachfolgende Organisierung einer freien Befragung des ungarischen Volkes. Diese Maßnahmen sind die einzigen, die den gerechten Frieden sichern können, nach dem sich alle Völker sehnen, einschließlich des russischen Volkes. Im Falle, dass sich die Vereinten Nationen der eigenen Pflicht entziehen sollten, verpflichten sich die Unterzeichner, nicht nur die Organisation der Vereinten Nationen und ihre kulturellen Organe zu boykottieren, sondern auch bei jeder Gelegenheit gegenüber der öffentlichen Meinung ihr Versagen und ihre Feigheit anzuprangern.

Die Unterzeichner bitten den Generalsekretär, sich zu ihrem Fürsprecher bei den Vereinten Nationen zu machen, um sie der Tatsache zu versichern, dass ihr Aufruf nicht von irgendeinem – im Übrigen ziemlich hohlen – Geist der Vergeltung getrieben ist, sondern von dem schmerzhaften Gewissen ihrer eigenen Verantwortung und ihrer angsterfüllten Rebellion angesichts des Martyriums eines heroischen und freien Volkes.‹

Ich wünsche mir, dass dieser Text von allen Adressaten unterzeichnet wird, die in dem Aufruf der ungarischen Schriftsteller genannt sind. Jeder europäische Schriftsteller, wo immer er sich befindet, kann heute Unterschriften so vieler Intellektueller sammeln wie möglich und diesen Text an das Sekretariat der Vereinten Nationen schicken.

Dies ist, und das sage ich zu unserer Schande, alles, was wir machen können, um unseren massakrierten ungarischen Brüdern zu antworten, damit dieses Abschlachten aufhört, und um vor der Welt zu bekunden, dass neben unseren schwachen und grausamen Regierungen, über den eisernen Vorhang der Diktaturen hinweg, trotz des dramatischen Versagens der Bewegungen und der herkömmlichen Ideale der Linken, das wahre Europa existiert, vereint in Gerechtigkeit und Freiheit, zum Trotz gegen alle Diktaturen.

Die ungarischen Kämpfer sterben heute in großer Zahl für dieses Europa.

Damit ihr Opfer nicht umsonst ist, müssen wir, deren Stimmen noch für einige Zeit frei sind, ihnen Tag für Tag unsere Treue und unseren Glauben beweisen und den Aufruf von Budapest so weit verbreiten, wie wir irgend können.

Botschaft an die Studenten

Camus konnte nicht ertragen, dass ein europäisches Land eine solche Gewalttat, ein solches Blutbad erduldete. Am 23. November sandte er – unruhig und nervös wegen der Unfähigkeit des Westens – eine Botschaft zugunsten Ungarns an eine Versammlung von französischen Studenten, die gegen den Einmarsch protestierten. Er schrieb:

Die einzige Sache, die ich heute öffentlich bekräftigen kann, nachdem ich direkt oder indirekt an zwanzig Jahren unserer blutigen Geschichte teilgenommen habe, ist, dass der höchste Wert, das letztendliche Gut, für das sich die Mühe zu leben und zu kämpfen lohnt, immer die Freiheit bleibt.

Die Menschen meiner Generation waren zu der Zeit, als Hitler die Macht übernahm und man die ersten Prozesse in Moskau organisierte, zwanzig Jahre alt. Wir mussten zehn Jahre lang erst gegen die Hitler-Tyrannei kämpfen und gegen die Rechten, die sie unterstützten. Dann galt es, weitere zehn Jahre gegen die Stalin-Tyrannei zu streiten sowie gegen die Spitzfindigkeiten ihrer Verteidiger aus der Linken.

Trotz der nachfolgenden Verrätereien und Schmähungen, mit denen die Intellektuellen verschiedener Richtungen sie überhäuft haben, bleibt heute die Freiheit, sie vor allem, unsere raison de vivre, *unser Grund zu leben. Ich gestehe, dass ich in diesen Jahren versucht war, am Schicksal der Freiheit zu verzweifeln. Verraten von denen, die die Berufung hatten, sie zu verteidigen, mit Füßen getreten von unseren Klerikern vor ihren schweigenden Völkern, stand sie, wie ich befürchtete, vor ihrem endgültigen Tod, und es ist deswegen, dass es mir manchmal so schien, als habe die Ehrlosigkeit unserer Zeit alles überzogen.*

Aber die ungarische Jugend, die spanische, die französische, die jungen Leute aus jedem Land zeigen uns heute, dass es nicht so ist, und dass nichts jemals diese ungeheure und reine Kraft niederschlägt und niederschlagen wird, die die Menschen und die Völker dazu bringt, die Ehre einzufordern, auf den eigenen Füßen zu leben.

Ihr alle, die ihr jetzt in unsere Geschichte eintretet, vergesst es niemals. Vergesst es an keinem Ort, in keinem Moment! Und wenn ihr aufrichtig akzeptieren könnt zu diskutieren, dann akzeptiert niemals, dass die Freiheit des Geistes, der Person, der Nation zur Diskussion gestellt wird, nicht einmal vorläufig, sei es auch nur für eine Sekunde.

Jetzt sollt ihr wissen, dass, wenn der Geist in Ketten gelegt wird, die Arbeit zur Sklaverei wird, und wenn der Arbeiter unterdrückt wird, der Schriftsteller geknebelt werden wird, und dass, wenn die Nation nicht frei ist, der Sozialismus niemanden befreit, sondern alle zu Sklaven macht.

Möge das Opfer der Ungarn, vor dem wir unsere Schande und unsere Machtlosigkeit wiedergekäut haben, wenigstens dazu dienen, uns daran zu erinnern.

Wir werden weniger versucht sein, auf unserem Land, und nur auf ihm, seine historischen Sünden lasten zu lassen. Wir werden uns mehr darum bemühen, ohne aufzuhören, von ihm jede Gerechtigkeit zu verlangen, zu der es in der Lage ist, im Sinne seines Fortbestehens und seiner Freiheit.

Ihr müsst uns nicht imitieren, wir, die wir uns in diesem langen Kampf aufgerieben haben, im Kampf, um Worte richtigzustellen und Verschleierungen zu brandmarken, in unfruchtbaren und endlosen Auseinandersetzungen.

Ihr werdet nach dem suchen, was euch vereint, mehr als was euch trennt. Eine gewisse Einsamkeit, schwer zu durchleben, wird euch so erspart bleiben. So werdet ihr vielleicht für euch dieses Land wiederherstellen, das ich heute liebe wie die Freiheit selbst und das trotz all seiner Irrungen, seiner Schwächen, seiner Fehler weiterhin in dieser Welt unsere Treue verdient.

Aber bewahrt in jedem Fall, überall und immer, die Erinnerung an das, was wir gerade erlebt haben, um der Freiheit treu zu bleiben, ihren Rechten wie ihren Pflichten, und schließlich nie, nie zu akzeptieren, dass jemand, ein noch so großer Mann, eine noch so mächtige Partei, für euch denkt oder über euer Verhalten entscheidet.

Vergesst eure Meister, die, die euch so belogen haben, jetzt wisst ihr es, und auch die anderen, weil sie euch nicht überzeugen konnten.

Vergesst eure Meister, vergesst die überholten Ideologien, die sterbenden Konzepte, die veralteten Slogans, mit denen man euch immer noch füttern möchte.

Lasst euch durch keine Erpressung einschüchtern, weder von rechts noch von links.

Und, um zum Schluss zu kommen, lasst euch keine Lehren mehr erteilen, außer von den jungen Kämpfern von Budapest, die für die Freiheit sterben.

Sie haben euch nicht angelogen, als sie euch zugeschrien haben, dass der freie Geist und die freie Arbeit in einer freien Nation im Herzen eines freien Europas die einzigen Güter auf dieser Erde und in unserer Geschichte sind, für die es sich lohnt zu kämpfen und zu sterben.

Salle Wagram, 15. März 1957

Schon am 30. Oktober hatte Camus den Minister Schepilow in seiner Rede zu Ehren von Salvador de Madariaga öffentlich scharf angegangen und von einem »unzivilisierten Eingriff der russischen Truppen« gesprochen. Zu diesem Zeitpunkt hatte er noch nicht das regelrechte Blutbad Anfang November erlebt, das unzählige Opfer forderte und eine totale Missachtung der Souveränität der ungarischen Nation demonstrierte. Es war die Logik von Jalta: Jede Großmacht hatte in ihrem Aktionsradius freie Hand und konnte die abscheulichsten Untaten begehen, ohne dass es eine wirkliche Möglichkeit gab einzuschreiten. Die lateinamerikanischen Staaten und einige europäische Länder zahlten gleichermaßen einen hohen Preis, als bei der westlichen Hegemonialmacht Zweifel über ihre Bündnistreue aufkamen. Bis Mitte der siebziger Jahre wurden in Europa und Lateinamerika grausame, faschistische Diktaturen gefördert und unterstützt und hinterlistige terroristische Strategien angewendet, die darauf ausgerichtet waren, die öffentliche Meinung zu manipulieren.

Jahrzehntelang kam es nicht zu Ereignissen von ähnlicher Schwere wie in Ungarn 1956. Der Einmarsch in die Tschechoslowakei 1968 verlief wesentlich weniger blutig, und auf der Gegenseite können nur die Abscheulichkeiten, die die Militärs beim von der CIA organisierten Staatsstreich in Chile gegen Salvador Allende und die rechtmäßige Regierung der Unidad Popular verübt hatten, verglichen werden.

Noch über viele Monate im Laufe des Jahres 1957 hörte Camus nicht auf, die weltweite öffentliche Meinung auf die ungarische Tragödie aufmerksam zu machen. Wir haben auf sein Interview mit der New York Times am 24. Februar 1957 hingewiesen, haben den Artikel »Le socialisme des potences« für die Zeitschrift Demain, der ebenfalls im Februar des Jahres erschien, sowie seinen Beitrag in der britischen Times im Oktober 1957 erwähnt (»Appeal for Hungarian Writers«).

Der entschiedenste Beitrag, der auch die größte Resonanz erfuhr, war Camus' öffentlicher Vortrag in der Salle Wagram am 15. März 1957, der am 18. März mit dem Titel »Kádár a eu son jour de peur« (Kádár hatte seinen Tag der Angst) im Franc-Tireur abgedruckt wurde. Diese Protestveranstaltung erzeugte ein Echo in der ganzen Welt, und die Worte Camus' tönten inzwischen unerträglich in den Ohren desjenigen, der diesen Militäreinsatz entschieden hatte und der sich nun in der Rolle wiederfand, ihn bei den internationalen Institutionen zu verteidigen, während überall auf der Welt die öffentliche Meinung nicht aufhörte, an jene schreckliche Entscheidung zu erinnern. Es gab nur einen Mann, der unermüdlich darin war, den Invasoren die Schande dieses Massakers ins Gesicht zu schleudern: Albert Camus.

Jan Zábrana und seiner Quelle zufolge hat dieser Auftritt Camus das Leben gekostet. Nach der Rede, in der Camus Schepilow attackiert hatte, hätte dieser persönlich dem KGB befohlen, den Schriftsteller zu beseitigen.

Es war der Tropfen, der das Fass der sowjetischen Geduld zum Überlaufen brachte. Erst die persönliche Attacke am 30. Oktober, dann die Antwort auf den Aufruf der ungarischen Schriftsteller, die Stellungnahme gegenüber den Vereinten Nationen, seine unermüdliche internationale Aktivität. Camus gab nicht nach.

Noch Ende 1958 beschäftigte Camus sich mit Ungarn, als er für das Buch »La vérité sur l'affaire Nagy« (Die Wahrheit über den Fall Nagy) ein knallhartes Vorwort schrieb, nachdem der abtrünnige Regierungschef willkürlich zum Tod durch den Strang verurteilt worden war. Hören wir jetzt Camus' Worte an jenem fatalen 15. März 1957:

Was für uns vor zwanzig Jahren Spanien war, wird heute Ungarn sein. Die schwachen Nuancen, die Kunstgriffe der Sprache und die gelehrten Betrachtungen, mit denen man noch versucht, die Wahrheit zu übertünchen, interessieren uns nicht. Die angebliche Konkurrenz zwischen Rákosi und Kádár, von der man uns berichtet, hat keine Bedeutung. Die beiden sind von derselben Art. Sie unterscheiden sich nur hinsichtlich ihrer Jagdstrecke, und wenn die von Rákosi die blutigere ist, so wird das nicht lange anhalten.

Ob der kahle Mörder oder der verfolgte Verfolger in Ungarn bestimmt, macht in keinem Fall einen Unterschied, was die Freiheit dieses Landes betrifft.

Es tut mir leid, in dieser Hinsicht noch einmal die Rolle der Kassandra spielen und die neu erwachten Hoffnungen einiger unermüdlicher Mitstreiter enttäuschen zu müssen, aber es gibt keine Möglichkeit der Entwicklung in einer totalitären Gesellschaft. Der Terror entwickelt sich nicht, außer zum Schlechteren, das Schafott liberalisiert sich nicht, der Galgen ist nicht tolerant. Nirgendwo in der Welt hat man jemals eine Partei oder einen Mann gesehen, der, einmal im Besitz absoluter Macht, von dieser nicht absoluten Gebrauch gemacht hätte. Das, was die totalitäre Gesellschaft definiert, das ist in erster Linie die Einheitspartei, und eine solche Partei hat keinen Grund, sich selbst abzuschaffen. Deswegen ist die einzige Gesellschaft, die zu Entwicklung und Liberalisierung fähig ist, die einzige, die unsere zugleich kritische und aktive Sympathie verdient, diejenige, in der die Vielfalt von Parteien institutionell festgelegt ist. Nur diese Gesellschaft erlaubt es, Ungerechtigkeit und Verbrechen anzuzeigen und sie so zu korrigieren, nur sie vermag heute die Folter anzuklagen, die schändliche Folter, die in Algerien so verachtenswert ist wie in Budapest. […]

Der Westen besitzt unzählige Schwächen, seine Verbrechen und Fehler sind real. Aber vergessen wir am Ende nicht, dass wir die Einzigen sind, die über diese Macht der Perfektion und der Emanzipation verfügen, die im freien Geist begründet ist. Vergessen wir nicht, dass, wenn die totalitäre Gesellschaft den Freund dazu verpflichtet, den Freund zu verraten, es die Gesellschaft des Westens ist, die trotz all ihrer Irrungen immer wieder jene Art Mensch hervorbringt, der die Ehre zu leben hochhält, und damit meine ich diejenigen, die auch ihrem Feind die Hand reichen, um ihn aus dem Unglück oder vor dem Tod zu retten.

Da Außenminister Schepilow auf seiner Rückreise aus Paris zu schreiben wagte, dass »die westliche Kunst dazu bestimmt ist, die menschliche Seele auseinanderzureißen und jede Art von Mördern herauszubilden«, ist es an der Zeit, ihm zu antworten, dass unsere Künstler und unsere Schriftsteller – wenigstens sie – noch niemanden massakriert haben und dass sie im Übrigen auch genügend Großmut besitzen, nicht die Theorie des sozialistischen Realismus der Massaker zu beschuldigen, die Schepilow und die, die ihm ähneln, gedeckt und angeordnet haben.

Die Wahrheit ist, dass bei uns Platz für alles ist, auch für das Böse und auch für die Schriftsteller von Schepilow, aber auch für die Ehre, für das freie Leben des Begehrens, für das Abenteuer der Intelligenz. Dem gegenüber ist Platz für nichts in der stalinistischen Kultur außer für die Gardinenpredigten, für das graue Leben und für den Katechismus der Propaganda. Allen, die noch daran zweifeln konnten, haben es die ungarischen Schriftsteller entgegengeschrien, bevor sie ihre endgültige Wahl verkündeten, da sie heute lieber schweigen, als auf Befehl zu lügen.

Wir werden es ziemlich schwer haben, solcher Opfer würdig zu sein. Aber wir müssen es versuchen, in einem endlich vereinten Europa, indem wir unsere Querelen vergessen, indem wir hinsichtlich unserer Fehler Gerechtigkeit herstellen und unsere schöpferischen Werke sowie unsere Solidarität vervielfältigen. Denen schließlich, die uns herunterziehen wollen und uns glauben machen wollen, dass die Geschichte den Terror rechtfertigen würde, werden wir mit unserer wahren Überzeugung antworten – der, die wir, wie wir jetzt wissen, mit den ungarischen, den polnischen und ja selbst mit den russischen Schriftstellern teilen, die ebenso geknebelt werden.

Unsere Überzeugung ist es, dass in der Welt – gleichzeitig mit der Kraft der Unterdrückung und des Todes, die die Geschichte verdunkelt – auch eine Kraft der Überzeugung und des Lebens unterwegs ist, eine gewaltige Bewegung der Emanzipation, die sich Kultur nennt und die zur gleichen Zeit durch das freie Schaffen und die freie Arbeit entsteht.

Unsere tägliche Aufgabe, unsere lange Berufung ist es, durch unsere Arbeit zu dieser Kultur beizutragen und sie nicht irgendwie zu begrenzen, sei es auch nur vorübergehend. Doch unsere vornehmste Pflicht ist es, gegen die Kräfte der Unterdrückung und des Todes, wo immer sie herkommen mögen, persönlich die Freiheit dieser Kultur zu verteidigen, und das bedeutet die Freiheit der Arbeit und die Freiheit des Schaffens.

Diese ungarischen Arbeiter und Intellektuellen, an deren Seite wir heute mit so viel ohnmächtigem Kummer stehen, haben dies verstanden und es uns besser verstehbar gemacht. Deswegen ist, wenn ihr Unglück das unsere ist, auch ihre Hoffnung die unsrige. Trotz ihres Unglücks, des Exils, ihrer Ketten haben sie uns doch auch eine königliche Erbschaft hinterlassen, die wir uns verdienen müssen: die Freiheit, die sie nicht gewählt haben, aber die sie uns an einem einzigen Tag wiedergegeben haben.

Sicht auf den Unfallort aus demselben Fahrzeugtyp, jüngere Rekonstruktion. Man beachte die lange Gerade und die Breite der Fahrbahn.

Die Bilder

Da sind sie, vor unseren Augen: die eindringlichen, dichten Bilder des Ortes von Camus' Unfall. Gleichsam jedes Ding erscheint vor unseren Augen, jenseits der Zeit, des Vergessens, des schicksalhaften Sich-Auflösens von allem. Ohne Ton ist die Szene wie angehalten, geisterhaft, die Gesichter der Umstehenden zeigen Erstaunen, Ehrfurcht und die Gewissheit, einem Ereignis beizuwohnen, das sie übersteigt, das über den Moment hinausreicht, ja sich bereits Richtung Geschichte bewegt, gemäß einem geheimen Plan, der viel größer ist.

Der Tod schwebt noch zwischen jenen Bäumen, auf jener Straße, zwischen jenen Bruchstücken, die scheinbar noch die Energie des Aufpralls bewahren, die erschreckende Gewalt der Kollision und der Zerstörung. Alles ist bereits passiert, für immer, doch noch weht ein Hauch der Ereignisse über dem Schauplatz der Katastrophe. Alles scheint noch zu vibrieren, sich entlang der kaum wahrnehmbaren Bahn des Schicksals zu bewegen. Eine geheime Energie sammelt und stützt die Elemente des Desasters, die leblosen Objekte sind noch Beute der Unordnung, des Aufpralls, der blitzartigen Spaltung. Alles verharrt, versteinert und ist von der Energie der Tragödie angehalten, in der unsichtbaren Geometrie, die alle noch so kleinen Fragmente der Zerstörung sammelt und vereint.

Auf einmal hebt ein Polizist, gleichsam um die sakrale Unbeweglichkeit der toten Dinge zu verletzen, einen Reifen auf und zeigt ihn her, zerschlitzt an der Innenseite, wahrscheinlich die wahre Ursache des Unglücks.

In diesem Moment kommen einem die ersten Schlagzeilen der Zeitungen jener Zeit in den Sinn, die im Reifen die Ursache für den Unfall sahen. Wie es auch ein neuerer Beitrag des Online-Portals Mediapart tut, der ohne jeden Zweifel den Reifen als Ursache für den tödlichen Schlingerkurs ansieht. Die Worte von Jan Zábrana tönen so noch deutlicher, schwer wie Steine:

»Sie haben einen Reifen des Autos beschädigt, dank eines technischen Instruments, das bei hoher Geschwindigkeit den Reifen zerschnitten oder durchlöchert hat. [...] und zwar auf so vollkommene Weise, dass bis heute die Welt glaubt, Camus sei bei einem banalen Verkehrsunfall gestorben, so wie es jedem passieren könnte.«

Die schicksalhafte Reise

Die wegweisende Camus-Biografie von Herbert Lottman ist, was den Unfall betrifft, bei dem der Schriftsteller sein Leben verlor, gewiss die genaueste und am besten dokumentierte.

Lottman gewann das Vertrauen von Janine Gallimard, der Ehefrau des ebenfalls durch den Unfall umgekommenen Verlegers, die zusammen mit der Tochter auf der Rückbank des Wagens saß. Sie lud den Biografen zahlreiche Male zu Unterredungen und Gesprächen in ihr Apartment ein, das sich über dem historischen Sitz des Verlags in der Rue Sébastien Bottin befand. Das Zutrauen von Madame Gallimard war wertvoll, da es half, kleine Episoden und Erinnerungsfragmente zu bewahren, die sonst verloren gegangen wären.

Am Morgen des 3. Januar 1960 brachen die Gallimards und Camus recht spät aus Lourmarin auf und machten in Orange eine Mittagspause für einen kurzen Imbiss. Den gastronomischen Höhepunkt hatte man sich für den Abend aufgehoben, um etwas leichter zu reisen. Die Route verlief – da es damals keine Autobahnen gab – zwangsläufig auf der Nationalstraße 7 von Avignon nach Lyon, dann auf der Nationalstraße 6 durch die Bourgogne: Mâcon, Chalon, Avallon, Auxerre und Sens und schließlich auf der Nationalstraße 5 von Sens über Fontainebleau nach Paris. Die Fahrtroute war also sehr gut vorherzusagen. Für das Abendessen und die Übernachtung verließen sie die Nationalstraße unmittelbar vor Mâcon, um in Thoissey zu halten, wo es ein einladendes Hotel mit Restaurant gab, Le Chapon Fin, das sie gut kannten und das mit zwei Michelin-Sternen ausgezeichnet war.

Die Zimmer waren reserviert worden (ein weiterer Faktor, der abgehört werden und somit bekannt gewesen sein konnte), da ein starker Rückreiseverkehr wegen der Ferien über Weihnachten und Neujahr die Straßen und die Restaurants an den wichtigsten Routen überfüllte. Madame Blanc, die Wirtin des

Hotels, bewahrte die Meldebescheinigung auf, die von Camus unterzeichnet worden war – vielleicht das letzte Dokument, das er ausgefüllt und unterschrieben hat.

Wie Herbert Lottman berichtet, war das Abendessen, das die Reisenden nach einer kleinen Ruhepause einnahmen, ein wahres Fest. Die Tochter der Gallimards wurde achtzehn Jahre alt, und ihr Geburtstag wurde vonseiten Camus' mit großer Wärme gefeiert. Madame Blanc bemerkte, dass die Gäste fröhlich und entspannt waren. Camus sprach über seine Theaterprojekte und wollte Michel Gallimard dazu überreden, dass er seiner Tochter erlaubte, mit ihm am Theater zu arbeiten. Michel wollte nicht, dass seine Tochter auftrat, aber Camus war überzeugt, dass er sie in jedem Fall in seine Theateraktivitäten einbeziehen konnte. Das Vertrauen und die Einigkeit zwischen dem Schriftsteller und der jungen Anne waren grenzenlos.

Die Nacht nach dem üppigen Mahl verlief für die Reisenden ruhig. Doch das Auto blieb in der nächtlichen Stille, zugänglich für jeden, der sich ihm nähern wollte. Es ist möglich, sogar wahrscheinlich, dass die tödliche Manipulation, die den Unfall verursacht hat, genau in dieser Zeit stattgefunden hat.

Am Morgen verließen die Reisenden nach dem Frühstück zwischen neun und zehn Uhr das Hotel. Im Wagen kam eine seltsame Diskussion auf, wie Janine Gallimard erzählte. Michel Gallimard wollte eine Lebensversicherung abschließen und sprach darüber mit den Anwesenden. Camus wies ihn darauf hin, dass sie beide als Tuberkulosekranke von keiner Versicherung eine Police erhalten würden. Michel, der häufig an den Tod dachte und ohne Scheu davon sprach, sagte, er wolle vor seiner Frau sterben, da er ohne sie nicht leben könne. Schließlich war er sich mit Camus in der Entscheidung einig, dass, wenn sie zusammen sterben sollten, sie sich einbalsamieren lassen würden und so konserviert im Wohnzimmer von Janine Platz finden sollten, sodass sie jeden Tag mit ihnen sprechen könnte. Janine zeigte sich entsetzt und sagte, sie würde in diesem Fall die Wohnung verlassen, um sich anderswo einzurichten.

Währenddessen war die Fahrgeschwindigkeit des Wagens

ziemlich moderat. Janine wollte nicht, dass Michel, der ein passionierter Autofahrer war, zu schnell fuhr, und auch Camus bremste ihn etwas, wenn er die Geschwindigkeit erhöhte.

Zur Mittagszeit erreichten sie Sens, eine Stadt, in der eine herrliche gotische Kathedrale emporragt. An der Hauptstraße, die zugleich die Nationalstraße war, befand sich das Hôtel de Paris et de la Poste, das ein gutes Restaurant besaß. Camus kannte es und führte die Gallimards dorthin. Sie nahmen alle in einem großen Saal Platz, der Janines Erzählung zufolge über einen Kamin und eine Holzvertäfelung verfügte, und bestellten *boudin noir aux pommes de reinette* (Blutwurst mit Backäpfeln), begleitet von einer Flasche Beaujolais, wie sich Monsieur Sandré, Inhaber des Restaurants, erinnerte.

Sie hielten sich nicht lange auf und brachen nach dem Mittagessen sofort wieder auf. Camus hatte an jenem Abend eine Verabredung mit seiner Freundin Maria Casarès in Paris und wollte nicht zu spät sein. Sie folgten der Nationalstraße 5, die nach Sens zahlreiche Dörfer durchquert. Die Straße war dann dreispurig, mit einer mittleren Fahrbahn zum Überholen und über weite Abschnitte von prächtigen und leider auch gefährlichen Platanen gesäumt. Das Auto passierte Pont-sur-Yonne und näherte sich Petit Villeblevin. Die Reisenden führten ihre Unterhaltung fort, und Janine Gallimard war später überzeugt, dass die Fahrgeschwindigkeit nicht sehr hoch war.

Auf einmal schien es ihr, als hätte ihr Ehemann *»Merde!«* gesagt. Janine, die mit der Tochter Anne und dem Hund Floc hinten saß, hörte keine anderen Ausrufe. Sie fühlte eine unvorhergesehene Kurve, einen wiederholten Richtungswechsel und hatte dann den Eindruck, als wäre etwas unter dem Auto zusammengebrochen. Anderen Autofahrern und einem Fahrer, der darauf wartete, sich in die Nationalstraße einzufädeln, zufolge fuhr der Wagen im Zickzack mitten auf den Fahrbahnen, bevor er mit einem Baum kollidierte, davon abprallte und gegen einen zweiten schlug, der dreizehn Meter entfernt war, wobei der Wagen vollständig zerstört wurde. Ein Zeuge in einem anderen Fahrzeug bestätigte, von dem Facel Vega mit hundertfünfzig

Stundenkilometern überholt worden zu sein. Er sagte aus, das Auto habe einen »Walzer getanzt«, und der Aufprall sei wie eine Explosion gewesen. Laut einer Version zeigte der Tacho hundertfünfundvierzig Stundenkilometer, laut einer anderen soll er jedoch auf null zurückgegangen sein. Wie Lottman berichtet, »konnten sich nicht einmal die Experten jenen katastrophalen Unfall erklären, auf einer geraden Straße, die neun Meter breit war und auf der kaum Verkehr herrschte«.

Die Fotos aus der Zeit, so Lottman weiter, »zeigten, dass der Asphalt auf fünfzig Metern aufgerissen war«. Was verursachte diese Beschädigung des Asphalts, und welches Teil des Autos konnte sie herbeiführen? Die Trümmerteile des Wagens verteilten sich über hundertfünfzig Meter. Die Stoßstangen und das Armaturenbrett waren verbogen und lagen neun Meter von dem entfernt, was von dem Auto übrig geblieben war (hauptsächlich der hintere Teil). Der Kühlergrill lag auf der anderen Seite der Straße, und ein einzelnes Rad befand sich auf der Fahrbahn. Die Frauen, die auf der hinteren Sitzbank gesessen hatten, fanden sich unverletzt in einem Feld wieder, die Tochter Anne zwanzig Meter entfernt, mit Schlamm bedeckt. Der Hund Floc war verschwunden und sollte nie mehr auftauchen.

Michel Gallimard wurde auf dem Boden gefunden, in einem Schockzustand, und verlor viel Blut. Camus hatte die Windschutzscheibe durchschlagen, wobei er einen Schädelbruch sowie eine Quetschung des Oberkörpers und den Bruch eines Wirbels erlitten hatte. Das Schicksal wollte es, dass er, ohne Sicherheitsgurt auf dem Beifahrersitz, die schwersten Verletzungen davontrug.

Gallimard wurde ins Krankenhaus gebracht, er schien sich an nichts mehr zu erinnern. In der Ambulanz fragte er Janine, ob er am Steuer gesessen habe. Man befürchtete bei ihm einen Milzriss. Er wurde später in eine Klinik in Paris verlegt, wo er am 10. Januar an einer Hirnblutung während einer Operation starb. Bei Janine entdeckte man einen angeknacksten Halswirbel, der sie über Monate zwang, einen Gipskragen zu tragen.

Der Leichnam Camus' wurde in das Rathaus von Villeblevin

gebracht. Eine immer größer werdende Menge von Bürgern und Freunden hielt bis zum nächsten Tag Totenwache.

Emmanuel Roblès wollte das schwarze Trauertuch heben, um das Gesicht des Freundes noch einmal zu sehen. »Unter dem Licht der nackten Birne hatte er das Gesicht eines Schlafenden, sehr, sehr müde … Ein langer Riss ging über seine Stirn wie ein abschließender Strich, der über eine Seite gezogen wurde.«

André Malraux, Kulturminister und Freund Camus', sagte in einer Erinnerungsrede: »Seit über zwanzig Jahren ist das Werk von Camus untrennbar mit dem Bestehen auf Gerechtigkeit verbunden. Grüßen wir mit ihm einen von jenen, dank derer Frankreich im Herzen der Menschen präsent bleibt.«

Als der Leichnam in Lourmarin bestattet wurde, kam ein Kranz mit der Aufschrift an: »Einem Freund Ungarns. Die Ungarn im Exil.«

Einige Standbilder aus dem Film, der am 4. Januar 1960 am Ort des Unfalls aufgenommen wurde.

Die Szene des Unfalls

Der Film des INA, ohne Ton, der an jenem Tag am Ort des Unfalls gedreht wurde, ist eine wertvolle Reliquie, wie von einem fernen Schiffsuntergang, von dem nach langer Zeit ungeahnterweise Relikte und Fragmente, die schon verloren geglaubt waren, wiederauftauchen. Man kann in aller Stille die Zerstörung miterleben am Ort des Aufpralls, von dem die Opfer bereits entfernt wurden, kann der blitzartigen Tragödie beiwohnen, die geschehen ist und sich vollendet hat, um eine leere Bühne zu hinterlassen, auf der die Reste verstreut sind.

Der Wagen hat sich gleichsam um die zweite Platane herumgewickelt und ist in zwei Teile zerlegt worden, wobei das vordere Stück in herumliegende Fragmente zerteilt wurde. Der hintere Teil scheint am Baum aufgehängt zu sein, konnte aber noch seine ursprüngliche Form behalten und so das Leben zweier Passagiere retten. Der Kühlergrill vorne, mit der fatalen Aufschrift *FACEL* und *VEGA* auf den beiden Seiten neben den Scheinwerfern, liegt abgeschnitten vom Rest des Autos auf der anderen Straßenseite, wahrscheinlich schon beim ersten Aufprall abgerissen. Auf dem Randstreifen der Nationalstraße liegt der Motor, vielleicht nicht komplett, abgetrennt, wie ein Spielzeug tot auf dem nassen Asphalt. Daneben Reste der Scheinwerfer, immer kleinere Teile, die die Gewalt des Zusammenstoßes hinterlassen hat.

Die Kamera umfährt das Bild der zerstörten Karosserie, geht entlang der Straße weiter, nimmt den Motor auf, senkt sich dann leicht und registriert die Spuren auf dem Asphalt. Der Facel Vega, schon stark beschädigt von der Kollision mit dem ersten Baum, hat auf seiner immer noch schnellen, blutigen und nunmehr tödlichen Fahrt die gesamte Straßenbreite gequert.

Der erste Aufprall ist also auf der linken Seite der Straße entgegen der Fahrtrichtung erfolgt. Die Passagiere auf den Vordersitzen haben einen ersten heftigen Schlag gegen das Lenkrad und gegen die Windschutzscheibe erlitten, und der vordere Teil des Wagens ist zerstört worden. Dann hat sich das Auto zum Teil um sich selbst gedreht, als sei es verrückt geworden, wobei es mit einem messerscharfen beschädigten Teil den Asphalt touchierte, um gegen den zweiten Baum zu prallen, diesmal auf der rechten Seite der Straße, also genau dort, wo Camus saß. Das Wrack hat den Baum gleichsam umarmt, die Vorderachse mit nur noch einem Rad hat sich um den Baum gewickelt, während der Aufprall für den rechten vorderen Passagier, Camus, am heftigsten war.

Combat, Camus' legendäres Blatt, schreibt in seiner Ausgabe vom 5. Januar, dass Camus' Körper zwischen Sitz und Karosserie eingeklemmt gefunden worden sei (auf der Seite, an der sich der zweite Zusammenstoß ereignet hat). Eine spätere Version, von vielen akzeptiert, behauptet, dass der Kopf des Schriftstellers im Moment des zweiten Aufpralls gegen das Heckfenster geschlagen sei und er so den Halsbruch erlitten habe. Der zweite Zusammenstoß ist seitlich erfolgt, aber das Auto hatte sich um sich selbst gedreht und war gegen die Fahrtrichtung gerichtet, daher ist Camus' Körper praktisch nach hinten geschleudert worden. Nur er blieb an Bord des Autos, um den zweiten und definitiven Schlag zu erleiden, die anderen Passagiere sind wahrscheinlich schon aus dem Auto herausgeschleudert worden, während sich das Fahrzeug auf den zweiten Baum zubewegte. Im Combat und dann in Le Monde wurde vermutet, dass das Platzen des linken hinteren Reifens den Unfall verursacht habe. Die Presse war sich allgemein einig darin, den Unfall dem Versagen eines Reifens zuzuschreiben.

Der Film zeigt einen Gendarmen, wie er ein Rad mit einem Teil der Aufhängung anhebt, das sich vom Auto getrennt hat, und es kontrolliert. Es ist beim ersten Aufprall, der frontal und auf der linken Wagenseite stattgefunden hatte, stark getroffen worden. Man sieht den Reifen, der an der Innenseite erheblich beschädigt ist, also an einer Stelle, die in der Regel keiner starken Abnutzung oder möglichen Beschädigungen ausgesetzt ist. Was hat diesen langen Schlitz verursacht? Handelt es sich hierbei vielleicht um das manipulierte Rad, das den Kontrollverlust über das Auto bewirkt hat? Zábrana und seine Quelle sagen es ganz klar: »Sie haben einen Reifen des Autos beschädigt, mittels einer technischen Vorrichtung, die bei hoher Geschwindigkeit den Reifen zerschnitten oder durchstochen hat.«

Außer der Nacht in Thoissey gab es noch eine andere Gelegenheit für die Saboteure: Der Aufenthalt während des Mittagessens in Sens, jene Stunde, als sich die Reisenden im Hôtel de Paris et de la Poste aufhielten. Wenn man sich die Karte anschaut, wird man von einem Schauer erfasst: Der Unfall hat sich nur wenige Kilometer hinter Sens ereignet, kaum dass das Fahrzeug seine Reisegeschwindigkeit erreicht hatte, die wahrscheinlich höher war als während der bisherigen Reise. Camus hatte seiner Gefährtin Maria Casarès versprochen, an jenem Abend mit ihr zu Abend zu essen. Deshalb musste man die Reise nach Paris etwas beschleunigen. In dem Brief, den er Maria Tage zuvor aus Lourmarin geschrieben hatte, nimmt Camus die Rückfahrt mit dem Auto schon vorweg. Er hatte also schon seit Tagen beschlossen, nicht den Zug zu nehmen. Vielleicht hat Maria anderen von dieser Nachricht erzählt und mögliche Informanten auf die Spur gebracht, auf jeden Fall hatte Camus auch am Telefon verschiedenen Personen seine Rückkehr im Auto mit den Gallimards mitgeteilt. Es hätte gereicht, sein Telefon zu überwachen, um im Vorhinein über seine Bewegungen informiert zu sein.

In einer Folge der französischen Fernsehsendung »Le Cercle de minuit« aus dem März 1997, die Maria Casarès gewidmet war, erinnerte man an den Brief, den Camus ihr in jenen Tagen geschrieben hatte, in dem er noch einmal versprach, rechtzeitig zum Abendessen am Abend des 4. Januar zurück zu sein, und hinzufügte: *»sauf les hasards de l'automobile«*, sofern mit dem Auto nichts passiert – eine tragische Vorahnung. Vielleicht hatte er nur eine mögliche Verzögerung im Sinn, aber sicher nimmt für uns, die wir das Ende jener fatalen Reise kennen, der Ausdruck eine ganz andere Bedeutung an.

Die Aktionen des KGB zur Zeit Camus'

In Camus' letzten Lebensjahren, der Zeit seines Engagements gegen den Stalinismus und seiner Anstrengungen, die sowjetische Invasion in Ungarn vor der internationalen öffentlichen Meinung anzuklagen und zu verurteilen, kamen zwei Persönlichkeiten an die Spitze des KGB und somit an die Spitze der sowjetischen Geheimdienste, die besonders aggressiv und skrupellos waren, was die Verfolgung und Ermordung von vermeintlichen Feinden der Sowjetunion im Ausland anging.

Zwischen 1954 und 1958 hieß der Geheimdienstchef Iwan Serow, der sich auf Chruschtschows Befehl direkt mit der Invasion in Ungarn befasste. Es waren seine Leute, die die Verhandlungen zwischen dem ungarischen Heer, den Rebellen und den russischen Truppen sabotierten und auf verräterische Weise den Chef der ungarischen Verhandler, General Pál Maléter, verhafteten, der später zusammen mit Imre Nagy zum Tod durch den Strang verurteilt wurde. Anfang November, nachdem sich die ersten Operationen der russischen Truppen angesichts des Aufstandes als Fehlschlag erwiesen hatten, beauftragte Chruschtschow Serow damit, die endgültige Invasion in Ungarn zu begleiten. Während der Serow-Jahre gab es ständig Operationen im Ausland. Es lassen sich zahlreiche Entführungen von Überläufern beweisen, die man wegen ihrer antisowjetischen Aktivitäten für gefährlich hielt. Diese Operationen waren nicht neu und sie begannen mit den Morden an Personen im Ausland, die abtrünnig geworden oder ins Exil gegangen waren. Im Jahr 1937 hatte der damalige NKWD (Volkskommissariat für innere Angelegenheiten) den Ex-Agenten Ignaz Reiss (geb. Nathan Poretzki) in Basel umgebracht, der abtrünnig geworden war, nachdem der Anarchistenführer Andreu Nin in Spanien unter Mithilfe der Stalinisten verschwunden war. Er hatte einen Brief an Stalin adressiert, in dem er sagte, er wolle die höchste sowjetische Auszeichnung nicht mehr mit den Meuchelmördern in

Moskau teilen, die während der Prozesse in jenen Jahren die Arbeiter und besten Vertreter der Revolution eliminiert hatten.

Der General Walter Kriwitzki, ein Freund von Reiss, der kurz nach ihm desertiert war, wurde bis nach Washington verfolgt, wo im Hotel Bellevue im Februar 1941 sein Selbstmord inszeniert wurde, um ihn zu beseitigen.

Der Sohn von Leo Trotzki, Leo Sedow, starb unter verdächtigen Umständen in Paris nach einer Blinddarmoperation, während sein Vater, der große, von Stalin besiegte Revolutionär, nach weiteren Attentaten im August 1940 in Mexiko von einem Killer erwischt wurde, den Moskau entsandt hatte.

Um in die Zeit Camus' zurückzukehren: 1952 wurde Walter Linse, der 1949 aus der DDR geflohen war und für den Untersuchungsausschuss Freiheitlicher Juristen arbeitete, in Westberlin entführt und nach Ostberlin gebracht. Man machte ihm den Prozess und sperrte ihn ein. In diesem Fall wurde die Operation auf Befehl des KGB von Männern des DDR-Regimes durchgeführt. Wegen seiner öffentlichen Aktivität im Ausland galt Linse als engagierte und gefährliche Person.

Im Jahr 1953 entführten tschechoslowakische Agenten mit sowjetischer Unterstützung Bohumil Laušman, der 1949 aus der Tschechoslowakei geflohen war, in Wien. Die Russen stellten ein Diplomatenauto bereit, um den Gefangenen ohne Risiko durch Wien und die unter sowjetischer Kontrolle stehende Zone Österreichs bis an die Grenze zu bringen.

Die Aufmerksamkeit des KGB richtete sich in jenen Jahren gegen die Mitglieder des NTS (Narodno-Trudovoy Soyuz), des Bunds russischer Solidaristen, die im Ausland unter russischen Deserteuren aktiv waren und in Opposition zum sowjetischen Regime operierten. Alexander Truschnowitsch, Kopf des NTS in Berlin, wurde im April 1954 entführt und in die UdSSR zurückgebracht. Valeri Tremmel, ebenfalls vom NTS, wurde im Juni 1954 im österreichischen Linz entführt und in der UdSSR inhaftiert. Im Februar 1954 erging der Befehl, Georgi Okolovich, einen der Köpfe des NTS, der im Ausland lebte, zu ermorden. Der Mord sollte von zwei DDR-Agenten unter der Aufsicht von Nikolai Khokhlov vom KGB durchgeführt werden. Dieser entschloss sich, ergriffen von Gewissensbissen und unterstützt von seiner Ehefrau (die später verurteilt wurde), zu Okolovich zu gehen und ihm das Komplott für dessen Ermordung zu offenbaren. Er desertierte anschließend und stellte sich den westlichen Geheimdiensten.

Aus seinen Berichten erhielt die CIA zahllose Informationen über die Aktivitäten des KGB und seine geheimen Strukturen, mit denen er gegen den Feind vorging: Vor allem waren zwei unterschiedliche Labore am Werk, eines, das besondere Waffen und Sprengstoffe entwickelte, und eines, das Gifte und effiziente Drogen erforschte, die es möglich machen sollten, die Opfer schnell zu liquidieren, ohne Spuren zu hinterlassen – auch nicht im Falle einer Autopsie. Wie wir sehen werden, stellten diese Labore die Werkzeuge für zwei aufsehenerregende Morde bereit, die kurz darauf von Bogdan Staschinski im Ausland verübt wurden.

Khokhlov selbst wurde nach seiner Flucht während eines antikommunistischen Treffens 1957 in Frankfurt Opfer eines Mordversuchs. Er wurde mit einer mysteriösen Substanz vergiftet, die ihn fast das Leben kostete. Man glaubt, es könnte Thallium gewesen sein, eine sehr seltene und tückische radioaktive Substanz, ähnlich wie Polonium, das vor einigen Jahren in London verwendet wurde, um Alexander Litwinenko zu eliminieren, der mit einer Tasse Tee vergiftet wurde. Litwinenko, konfrontiert mit der anfänglichen Skepsis der englischen Autoritäten, konnte vor seinem Tod die Vergiftung anzeigen und die Substanz von den Medizinern sicherstellen lassen, die jedoch keinen Weg fanden, ihn zu retten. Khokhlov hingegen gelang es zu überleben. Er erholte sich und lebte bis zu seinem Tod in den Vereinigten Staaten. Nachdem er vom russischen Präsidenten Boris Jelzin eine Begnadigung erhalten hatte, konnte er in den 1990er Jahren Moskau besuchen.

Im März 1955 wurde in Westberlin der Versuch unternommen, Lisa Stein, eine Journalistin des amerikanischen Radiosenders RIAS, zu entführen. Stein traf sich mit einer Freundin im Café, die in Wahrheit eine sowjetische Agentin war. Bevor sie sich verabschiedeten, bot sie ihr einen Bonbon an, der mit Scopolamin versetzt war. Die Substanz sollte auf Steins Heimweg zu wirken beginnen, während sie von einem Auto verfolgt werden würde. Sobald sie Anzeichen von Verwirrtheit und Bewusstseinsverlust gezeigt hätte, wäre sie aufgegriffen und in den Osten verbracht worden. Die Wirkung des Scopolamins trat ein, als Stein sich zu ihrem Glück schon vor ihrem Haus befand. Sie erhielt Hilfe von einigen Bekannten. Über mehrere Tage war ihre Lage kritisch, und die Ärzte konnten sich die Schwäche nicht erklären, aber dann erholte sich die Journalistin wieder.

Serows Übergabe des KGB-Vorsitzes an Alexander Schelepin 1958 bedeutete eine perfekte Kontinuität hinsichtlich der Ziele und Operationen des Dienstes. Dies führte dazu, dass die Liquidationen im Ausland mit gesteigerter Aggressivität fortgeführt wurden, während Serow die Direktion des militärischen Geheimdienstes GRU übernahm. Schelepin erwarb sich alsbald bei seinen Mitarbeitern den Beinamen »Zheleznyi Shurik« – Stahl-Alexander. Er war für seine Grausamkeit und Skrupellosigkeit beim Verfolgen jedweden Ziels bekannt. Jahre später nahm er an der Verschwörung teil, die seinen alten Ziehvater, den Generalsekretär der KPdSU Nikita Chruschtschow, zugunsten der Neostalinisten unter Breschnew von der Spitze der Sowjetunion verdrängte. Breschnew fürchtete Schelepins Einfluss, seine Gefährlichkeit wie auch seine Ambitionen auf das Kommando und schränkte wenig später seine Rolle ein, indem er ihn auf einen Posten verbannte, von dem aus er keinen Schaden anrichten konnte.

Unter Schelepins Direktion gab man die bisherigen Vorsichtsmaßnahmen auf, nach denen Auslandsoperationen normalerweise von Agenten aus Satellitenstaaten unter Aufsicht des KGB durchgeführt wurden.

Schelepin leitete den KGB bis 1961. Der Autounfall, bei dem Camus ums Leben kam, geschah am 4. Januar 1960. Die Rede, die für sein Todesurteil verantwortlich sein sollte, fand am 15. März 1957 statt und beinhaltete eine erneute Attacke auf den sowjetischen Außenminister Schepilow, der die Eliminierung des Schriftstellers angeordnet hatte. Wie Jan Zábrana schreibt: »Der Befehl zu dieser Aktion der Liquidierung wurde persönlich vom Außenminister Schepilow erteilt. Man sagt, es hätte drei Jahre gedauert, bis der Geheimdienst diese Aufgabe zu Ende bringen konnte. Aber am Ende haben sie es geschafft, und zwar auf so vollkommene Weise …«

In einem Dokument der CIA von 1964, freigegeben 1993, wird in Bezug auf die Morde des KGB im Ausland gesagt: »Die Morde an den Anführern in der Emigration sind so gekonnt zu Ende geführt worden, dass sie den Eindruck hinterlassen haben, die Opfer seien an natürlichen Ursachen gestorben.«

In jenen Jahren geschahen in München zwei aufsehenerregende Morde an hohen Vertretern der ukrainischen Opposition im Ausland. Die Opfer waren der Intellektuelle Lew Rebet und der politische Anführer Stepan Bandera.

Bei Rebet dachte man anfangs an eine natürliche Todesursache, einen Infarkt oder Schlaganfall. Auch bei Bandera besaß man anfänglich keine Sicherheit hinsichtlich der Todesursache, wenngleich sein Zustand zum Zeitpunkt des Ablebens die Untersuchungsbehörden an eine Vergiftung denken ließ. Die Wahrheit wäre vielleicht für immer im Dunkeln geblieben, wenn sich nicht am Abend des 12. August 1961, wenige Stunden vor dem Mauerbau, ein Mann, der mit den Autoritäten des Amerikanischen Sektors in Kontakt treten wollte, der Westberliner Polizei gestellt hätte. Dieser Mann war Bogdan Staschinski alias Julius Lehmann, ein Agent des KGB, mit seiner deutschen Ehefrau Inge Pohl, die der Hauptgrund für seine Desertation war. Die beiden nutzten die Vorbereitungen für das Begräbnis ihres nur wenige Monate alten Sohnes in der Peripherie von Ostberlin, um der Kontrolle des KGB zu entkommen, der ihnen mittlerweile misstraute und dem Mann nicht mehr gestattet hätte, aus der Sowjetunion auszureisen.

Sie verließen das Haus des Schwiegervaters im Vorort Dallgow, erreichten zu Fuß das nächstgelegene Dorf, Falkensee.

Mit einem Taxi gelangten sie nach Ostberlin zum S-Bahnhof Schönhauser Allee, wo sie den Ausweis von Lehmann vorlegten. Dann bestiegen sie die S-Bahn, die dort eine Hochbahn ist, um an der Haltestelle Gesundbrunnen, der ersten in Westberlin, auszusteigen und so weiteren Ausweiskontrollen zu entgehen.

Als die amerikanischen Agenten den Bericht von Staschinski hörten, begriffen sie, dass ihnen eine Schlüsselfigur in die Hände gefallen war, die für zahlreiche bedeutsame und ungelöste Verbrechen verantwortlich war. Staschinski erzählte seine Geschichte mit vielen Details, die bei den nachfolgenden Ermittlungen Punkt für Punkt bestätigt werden konnten: dass er es gewesen ist, der Lew Rebet und Stepan Bandera für den KGB umgebracht hat. Dazu hatte er sich einer speziellen Waffe bedient, geladen mit Zyanidkapseln, die keine Spuren hinterlassen. Die Waffe entstammte den sowjetischen Laboren, von denen der Agent Khokhlov gesprochen hatte. Es handelte sich dabei um einen etwa achtzehn Zentimeter langen Zylinder, nicht mehr als zweihundert Gramm schwer, einfach im Fall von Rebet, doppelt und somit perfektioniert im Fall von Bandera. Er wird wenige Zentimeter vor dem Gesicht des Opfers aktiviert und versprüht ein Zyanidspray, das eingeatmet die Arterien lähmt, die das Blut zum Gehirn bringen. Dies verursacht eine Herzattacke oder einen Hirnstillstand, und das Opfer stirbt innerhalb von ein bis zwei Minuten. In den folgenden fünf Minuten löst sich das Gift jedoch auf und erlaubt den Arterien, wieder normal zu funktionieren, ohne eine Spur von der Substanz zurückzulassen, die die Attacke ausgelöst hat.

Bevor sie Rebet umbrachten, testeten Staschinski und der Überbringer des Geräts die Waffe in Ostberlin an einem Hund, der dazu entsprechend angebunden wurde. Das Tier starb, ohne zu bellen oder reagieren zu können, innerhalb von zwei, drei Minuten in einem stillen, qualvollen Todeskampf. Dem Agenten wurden einige Pillen verabreicht, die er vorsorglich zu schlucken hatte und die der Lähmung der Arterien entgegenwirkten, für den Fall, dass er während der Operation kleine Tröpfchen einatmen würde.

Nachdem Staschinski Rebet ausgemacht und seine Gewohnheiten drei Tage lang beobachtet hatte, schritt er am 12. Oktober 1957 zur Tat. Er schlich sich kurz vor der Ankunft seines Opfers in das Gebäude, wo die ukrainische Oppositionszeitung Suchasna Ukraïna ihren Sitz hatte, die von dem Schriftsteller und Aktivisten geleitet wurde. Er wartete im ersten Stock auf Rebet und stieg dann, während dieser heraufkam, langsam hinunter, die Waffe unter einer Zeitung verborgen. Als Rebet wenige Stufen hinter ihm war, entlud er die Zyanidkapsel mitten in sein Gesicht, stieg anschließend die Treppen weiter hinab und entfernte sich von dem Gebäude. Das Opfer, bereits im Todeskampf, konnte noch einige Stufen hinaufsteigen, um wenig später in den Armen eines Mitarbeiters zu sterben. Die Aktion war perfekt gewesen, und man dachte an einen Herzinfarkt, der den Intellektuellen plötzlich ereilt hätte.

Nachdem der Killer seine Waffe in einen Kanal geworfen hatte, fuhr er mit dem Zug nach Frankfurt, übernachtete dort und setzte von dort aus seine Reise per Flugzeug nach Ostberlin fort, wo er sich an das Hauptquartier des KGB in Karlshorst wandte.

Die Vorbereitung für das zweite Verbrechen war aufwendiger und delikater gewesen. In der Zwischenzeit hatte Schelepin die Nachfolge von Serow an der Spitze des KGB angetreten, doch die Kontinuität in Bezug auf angebahnte Projekte und die bereits ausgegebenen Befehle war gewahrt worden.

Stepan Bandera, Kopf der Organisation Ukrainischer Nationalisten (OUN) und ehemaliger Nazikollaborateur während des Zweiten Weltkrieges, war ein Mann der Tat. Er hatte in den Kriegsjahren das Bataillon »Nachtigall« der Ukrainischen Legion aufgestellt, die mit den Nazis verbündet war, wie auch die Ukrainische Aufstandsarmee (UPA), den bewaffneten Arm der OUN, organisiert. Zwischenzeitlich wegen Gehorsamsverweigerung gegenüber den Deutschen im Lager Sachsenhausen eingesperrt, wurde er 1944 wieder freigelassen, damit er noch einmal gegen die Sowjets aktiv werden konnte. Er lebte unter falschem Namen. Seine sehr kampferprobte Organisation soll einige ukrainische Flüchtlinge, die man für Spitzel hielt, ermordet haben.

Mit Geduld hatte Staschinski ihn gesucht und reiste ihm bis nach Holland nach, wo die Zielperson an einem Begräbnis teilnahm und die Grabrede hielt. Mittels akkurater Beschattung folgte er ihm anschließend nach München, um den Ort für das Attentat auszuwählen. Nachdem er sich einmal für das Gebäude entschieden hatte, wo Bandera wohnte, war es ihm – er trug inzwischen den Tarnnamen Poppel – unerwartet einfach gelungen, einen Schlüssel für den Hauseingang nachmachen zu lassen, um im geeigneten Moment in das Gebäude zu gelangen und dort auf sein Opfer, einen Mann, der selbst potenziell gefährlich war, zu warten.

Am 15. Oktober 1959, zwei Jahre nach der Beseitigung von Rebet, war es so weit. Sobald Banderas Opel sich dem Haus näherte und auf die Garage zufuhr, betrat Staschinski das Gebäude. Er stieg die Treppen hinauf und versuchte abzuschätzen, ob die Zielperson den Aufzug benutzen würde. Eine Frau, die heraufkam, drohte die Operation zu unterbrechen. Als Bandera auf die Haustür zuging, im rechten Arm eine Tüte mit Lebensmitteln, stieg der Killer die Treppe zum Eingang hinunter, ihm entgegen. Das Opfer öffnete mit der Linken die Tür und schloss sie mit dem Fuß. Um ihn zu verwirren, fragte Staschinski ihn, ob das Schloss funktioniere, und unvermittelt sprühte er ihm den Inhalt von zwei Kapseln Zyanid ins Gesicht. Dann entfernte er sich. Bandera sollte später in einer Lache Blut gefunden werden, auf dem Treppenabsatz zwischen dem zweiten und dritten Stockwerk, im Gesicht seltsame Schwellungen, die den Verdacht einer Vergiftung weckten.

Der Agent nahm seine übliche Route über Frankfurt und kam am Folgetag nach Ostberlin zurück, wo er enthusiastisch von seinen Vorgesetzten begrüßt wurde. Trotz des Erfolgs der Operation, der Ehrungen und des Lobs der Chefs änderten sich viele Dinge ziemlich bald, als Staschinski erklärte, er wolle seine deutsche Gefährtin Inge Pohl heiraten. Nachdem man lange versucht hatte, ihn davon abzubringen, willigten die KGB-

Spitzen in die Eheschließung ein, verlangten jedoch, dass die Ehefrau sich der Organisation anschloss und sich bereit erklärte, in die UdSSR zu ziehen. Die Frau akzeptierte nach erheblichem Widerstand die Bedingungen, die man ihrem Mann auferlegte, versuchte jedoch, ihn vom ersten Moment an zu überzeugen, in den Westen zu desertieren. Darüber hinaus fand sie sich auch nie mit dem sowjetischen Leben ab, und als sie schwanger wurde, wollte sie das Kind in ihrem Heimatland zur Welt bringen und bat auch ihren Mann, sein Land aufzugeben.

Angesichts des wachsenden Misstrauens seiner Vorgesetzten, die das Paar kontrollierten und versuchten, ihn innerhalb der UdSSR zu halten, gab der tragische Tod des neugeborenen Kindes, das an Erstickung gestorben war, Staschinski die Möglichkeit, zu seiner Frau nach Ostberlin zu gehen. Obwohl unter ständiger Beobachtung, ergriff er auch dank der entscheidenden Unterstützung seiner Frau die letzte Chance, um in den Westen zu desertieren.

Die Aktivitäten des KGB im Ausland gingen auch in den folgenden Jahren weiter. Im Jahr 1978 wurde in London der pazifistische bulgarische Schriftsteller Georgi Markow ermordet, der einige Jahre zuvor in den Westen emigriert war, wo er journalistische Arbeit für die BBC und Radio Free Europe leistete. Seine einzige Schuld war, die Regime in Osteuropa, besonders das bulgarische, mit Ironie und Satire zu überziehen.

Während Markow am 7. September 1978 auf den Bus bei Waterloo Bridge wartete, spürte er einen kleinen Stich an der Wade und sah, wie ein Mann hinter ihm einen Regenschirm aufhob und dann schnell die Straße überquerte, um in einem Taxi davonzufahren. Im Büro spürte er weiterhin einen Schmerz und sah, dass sich an der schmerzenden Stelle ein rotes Furunkel gebildet hatte. Am Abend bekam er Fieber und begab sich ins Krankenhaus. Drei Tage später starb er an einer Vergiftung mit Rizin. In der Wade wurde eine kleine Kapsel aus Platin und Iridium von 1,7 Millimetern Durchmesser gefunden, mit zwei Hohlräumen, die noch Spuren des Rizins enthielten. Wahrscheinlich war die Kugel mit einer Substanz überzogen worden, die das Gift zurückhielt, sich bei Körpertemperatur auflöste und so das in der Höhlung enthaltene Rizin freigab. Zu jener Zeit gab es kein Gegenmittel gegen diese Art von Gift. Man vermutete, dass das komplizierte Projektil mittels des Regenschirms abgefeuert worden war.

Zehn Tage zuvor war ein anderer bulgarischer Flüchtling, Wladimir Kostow, von einem identischen Projektil getroffen worden, abgeschossen allerdings aus einer Handtasche. Der Mann hatte ebenfalls Fieber bekommen, war aber nicht gestorben, da das Projektil auf seiner Flugbahn einen Großteil seiner giftigen Ladung verloren hatte. Die kleine Kapsel wurde operativ entfernt und untersucht, um die Ähnlichkeit mit dem tödlichen Projektil aus London festzustellen.

Einige Jahre später bestätigten die Agenten Oleg Kalugin und Oleg Gordijewski nach ihrem Überlaufen, dass der Mord mit der faktischen Unterstützung des KGB vorbereitet und durchgeführt worden war. Man kann sehen, wie ausgefeilt die Techniken waren, um unliebsame Individuen zu eliminieren – nicht unbedingt besonders gefährliche Feinde, sondern einfache Dissidenten. Es scheint ganz klar, welche Politik die Sowjetunion in jenen Jahren des Kalten Krieges gegenüber Personen verfolgte, die – auch im Ausland – dem Bild der Sowjetunion Schaden zufügten. Albert Camus allein konnte einen tausendmal größeren Schaden anrichten, als irgendein Aktivist, Intellektueller oder Übergelaufener, ob nun Russe, Ukrainer oder Bulgare. Sein unermüdlicher Kampf zugunsten der Aufständischen in Ungarn trug dazu bei, das Vaterland des real existierenden Sozialismus in Misskredit zu bringen, vor allem weil Camus ein Mann der Linken war, der für seine intellektuelle Anständigkeit von allen respektiert wurde. Es liegt daher nahe anzunehmen, dass die UdSSR ihn in die Liste ihrer schlimmsten Feinde aufgenommen hatte und dass sie sich etwas hatte einfallen lassen, um seine Stimme zum Schweigen zu bringen.

Wie wir gesehen haben, lag es den Sowjets sehr am Herzen, bei ihrem Vorgehen nicht als die eigentlichen Auftraggeber der

Morde in Erscheinung zu treten und nach Möglichkeit die Verbrechen wie Unfälle oder natürliche Todesfälle aussehen zu lassen. Vielleicht lag es an diesen Vorsichtsmaßnahmen, dass, wie Zábrana behauptet, drei Jahre vergingen, bis es ihnen gelang, Camus zu eliminieren. »Aber am Ende haben sie es geschafft, und zwar auf so vollkommene Weise, dass bis heute die Welt glaubt, Camus sei bei einem banalen Verkehrsunfall gestorben, so wie es jedem passieren könnte.«

Die Zeit

Wie viel Zeit vergangen ist.

Das Schweigen, das Vergessen haben sich unerbittlich über jene Tage, jene Ereignisse gelegt, ohne dass jemand wirklich den Anschein und die dünne trügerische Oberfläche der Dinge hinterfragt hätte. Und doch, irgendjemand wusste Bescheid. Wer weiß, wie viele Bescheid wussten. Doch keiner hat gesprochen. Die Welt, das Leben haben sich wieder verschlossen und sind unwissend über jene schnellen Tode hinweggegangen, auch wenn der Verlust, gleichsam stillschweigend, enorm war. Jene Stimme ohne Herren, ohne Angst, ohne Respekt vor den undurchschaubarsten und schändlichsten Taten Frankreichs und der Großmächte sollte ihre klaren, kristallinen, exakten und wahrheitssüchtigen Worte nicht mehr äußern. Es war ein ungeheurer Verlust, und gewiss hat jemand in den fernen Zimmern der Macht auf ihr Verschwinden angestoßen – dort, wo ihre Worte schon immer Unruhe verursacht hatten. Wie viel Zeit vergangen ist. Das Schweigen, das Vergessen haben unerbittlich jene Tage bedeckt, jene Ereignisse.

Das System verlangt nach Untergebenen, die nicht zu viele Fragen stellen. Man kann ihnen zugestehen zu wählen, um einen Anschein von Freiheit aufrechtzuerhalten; aber die grundlegenden Gesetze, die die Armeen, die Finanz- und die Einflussbereiche regeln, sind unabänderlich, undurchdringbar für die Masse. Die wahre Macht, die wirklichen Entscheidungen befinden sich in einer für die Masse und den Einzelnen unerreichbaren Sphäre.

Jener Mann wagte, die Logik der Macht und der Herrschaft zu zerlegen, jener Mann war in jeder Hinsicht gefährlich, in welche Richtung auch immer er seinen zugreifenden, wachsamen und scharfen Blick richtete. Sein Wort knallte wie eine Peitsche. Er vermochte das Gewissen zu wecken, das vom täglichen Trug und dem fortwährenden Raub von Freiheit, Rechten und Informationen eingeschläfert worden war. Er suchte die

Wahrheit der Dinge – die menschliche Wahrheit der Gerechten, die den Missbrauch, den Betrug, die Demagogie und die Unterdrückung zu erkennen wissen.

Jene wertvolle Stimme würde gewiss unzerstörbar in den Büchern erhalten bleiben. Aber die Zukunft würde ohne sie in die Leere fortschreiten, und die alltägliche Willkür der Macht würde auf kein Hindernis mehr stoßen; die gesamte Zukunft wäre dem Schweigen, dem heimlichen Anhäufen von Profiten, den Invasionen, den Verbrechen überlassen, ohne eine wirkliche Stimme, die sich alldem entgegenstellte, die die Geheimnisse enthüllte und die Menschen verteidigte.

Die Seite

Jener Seite aus Jan Zábranas Tagebuch entströmt eine unsichtbare Kraft, eine heimliche, klare Sicherheit; es gibt etwas in dem unentwirrbaren Gewebe von Worten und Ereignissen, das in der Gegenwart unaufhörlich die einfache, offenkundige Wahrheit verbreitet, die reine Aufzählung der Dinge, wie sie geschehen sind, die fatale, nicht wiedergutzumachende Abfolge eines Befehls, einiger präziser Handgriffe und einer Tragödie ohne Zurück.

Nur wenige haben jene Seite gelesen.

Es ist unmöglich, gleichgültig zu bleiben und sich jenen leisen, gleichsam hypnotischen Worten, jener Verkettung von Ereignissen, jener kalten, grausamen, unzerstörbaren Logik zu entziehen.

Alles ist schon geschehen. Und es ist so geschehen.

Aus jenen Worten erwächst eine Gewissheit, eine langsame und fatale Gewissheit, tragisch, aber mittlerweile resigniert, das innere Bewusstsein einer unendlichen Verzögerung und einer Wahrheit, die wahrnehmbar ist, wenngleich sie verdeckt und von der Zeit begraben ist.

Ein gerechter Mann hat per Zufall jene Wahrheit erfahren. Und er konnte fast nichts tun. Aber schweigen konnte er auch nicht. Und wenn sein Wort sich im Schweigen verlieren konnte, so hat er es doch der Schrift und der Zeit anvertraut. Jene Zeit, die ihn erstickte, würde ihn eines Tages wieder erlösen, und jene Zeilen, jene Seiten würden das Tageslicht sehen, das Leben würde sie erreichen, und die Augen der lebenden Menschen würden sie lesen. Man musste sie also der Zeit der Wahrheit und der Zukunft anvertrauen, bis jemand Licht und Luft an seine Worte ließe, jemand, der den Wert erkennen und auf ihre Begründetheit vertrauen würde. Selbst die Panzer wären angesichts dieser federleichten Worte und ihres unaufhaltbaren, unzerstörbaren Tanzes wirkungslos und ohnmächtig gewesen.

Jan Zábrana rief aus jenem Zimmer, das abgeschlossener war als ein Gefängnis, eingesperrt in einer unglücklichen Zeit, in einem zersplitterten Leben, dass aus dem Morgen, aus der Zukunft jemand kommen möge, der fähig wäre, seine Worte, die Würde seines Schmerzes und seiner Niederlage zu verstehen.

In gewisser Weise ruft er uns immer noch, mit fester Stimme aus der Ferne, und macht uns seinen Blick, sein Vertrauen, seine einzige Hoffnung, die ihm bleibt, zum Geschenk. Wir können ihn nicht verraten, wir dürfen ihn nicht verraten. Er lebt noch in unserem Blick, in unserem Verständnis von dem, was er uns geschenkt hat. Er schrieb niemals mit Leichtigkeit, er wollte aus seiner Zeit das bewahren, was der Erinnerung würdig war, und uns auf all das hinweisen, was die Macht ganz nach Belieben mit ihrer bornierten Beharrlichkeit entweder nach oben spülte oder zerstörte.

Albert Camus war ein Gerechter, und Jan Zábrana sah in ihm einen Bruder, jemanden von gleichem Blut. Er konnte nicht schweigen, nachdem er einmal die Wahrheit erfahren hatte. Er musste sie uns schenken, vollständig und entblößt in ihrer kalten Präzision, in jener geometrischen und fatalen Verkettung von Ereignissen.

Zábrana ist müde, desillusioniert, er weiß vielleicht, dass schon alles vergeblich ist, weiß, dass das Unrecht nicht wiedergutgemacht werden wird, dass die Mörder immer gewinnen. Aber er kann nicht schweigen, er muss uns, die wir ihn in der Zukunft erwarten, berichten, was er erfahren hat und was die Welt ignoriert, vielleicht für immer ignorieren würde. Er ist klar und präzise, übertreibt nicht mit Worten. Er erzählt, und die Fakten erwachen vor unseren Augen zum Leben, das Dunkel der Vergangenheit lichtet sich, und wir sehen, wie der Mechanismus des Todes bis zur Perfektion funktioniert hat, wie der fatalen Wirkung eine Ursache vorausging und wie das Schicksal lediglich den düsteren Taten der Menschen beigewohnt hat.

Es war nicht das Schicksal, die Symmetrie des Absurden, das Los der Heroen. Es war eine schmutzige Intrige, eine blinde Herbeiführung von Rache, die die Stimme eines Gerechten abgewürgt hat – eines Mannes, der unfähig war, sich zu verkaufen oder zu dienen, der fähig war, der Welt die täglichen Niederungen der Macht, jeder Macht aufzuzeigen. Und nach dem Übergriff des Todes folgte die ultimative Verspottung mittels der Täuschung und des Schweigens.

Nein, man konnte nicht schweigen und die Mörder im komfortablen Schatten des Vergessens belassen, frei von Strafe und Schande, noch belohnt für eine schmutzige Tat, verteidigt vom Dunkel und der Trägheit aller. Es war zu viel.

In Prag wusste vielleicht jemand Bescheid. Sicher, Jan Zábrana hat Freunde und Bekannte hinterlassen, Personen, die auf gewisse Weise sein Leben, seinen stillen Kampf, seinen Widerstand gegen die Zeiten, gegen die Schändlichkeiten, gegen den Verrat verfolgt und wertgeschätzt haben. Vor allem hat er eine liebe Person zurückgelassen, die ihn mehr als alle anderen zu seinen Lebzeiten umsorgt und verstanden hat: seine Frau Marie.

Ihr Name wird von einer unvergleichlichen Aura des Respekts und der Achtung begleitet. Ihre Aufrichtigkeit, ihre Würde, ihr wertvoller Beitrag zur tschechischen Kultur haben aus ihr eine beinahe verehrte Persönlichkeit gemacht. Sie gilt als kristallklare, vollkommen glaubwürdige Person. Sie würde mir helfen können zu verstehen, würde mir vielleicht den Schlüssel geben, um in die verlorene Welt des Jan Zábrana einzutauchen.

Doch ich wollte mit meiner Recherche tiefer in jene graue Zone eindringen, die in jenen Jahren des Regimes im Schatten der Macht gediehen war und die sicher auch in der Gegenwart ihre Netzwerke des Einflusses, ihr subtiles Interessengeflecht bewahrt hat. Es gab besonders einen Mann, an den ich mich in delikaten Angelegenheiten wenden konnte: Er lebte seit Menschengedenken in Prag und war seit den Jahren des Kalten Krieges erfolgreich, da seine Familie eng mit der Partei verbunden war und internationale Beziehungen unterhalten konnte, die seltsamerweise toleriert wurden. Ich kannte ihn durch eine Mittelsperson, aber ich wusste von seinen Beziehungen zu den alten Geheimdiensten und seiner natürlichen Neigung, über alles informiert zu sein. Das machte ihn zu der geeigneten Person, Informationen zu erhalten und vielleicht weitere Kontakte zu beschaffen.

Sobald ich seine private Nummer hatte, rief ich ihn an. Mir antwortete eine ferne, kalte Stimme, in der eine tiefe Sicherheit lag, als habe der Mann eine höhere Kenntnis der Dinge und der Personen.

Er erkannte mich und sagte mir: »Irgendwie dachte ich mir, dass Sie mich eines Tages anrufen würden. Was benötigen Sie?«

Ich erklärte ihm, dass ich Informationen über eine sehr interessante Geschichte hätte, in die Personen der vergangenen Regierung verwickelt sein könnten. Angesichts seiner Erfahrung wollte ich ihm gern jene Geschichte erzählen und ihn fragen, ob er etwas davon wisse. Er schien sofort sehr interessiert zu sein; die Neugierde änderte den Klang seiner Stimme, die nun vertraulicher wurde.

»Kommen Sie mich besuchen«, sagte er. »Sie wissen ja, wo ich wohne. Wenn ich kann, werde ich Ihnen sagen, woran ich mich erinnere. Ich erwarte Sie morgen um fünf.«

Unterredung

Als ich in den großen Saal geführt wurde, stand er am Fenster. Er drehte sich um, um mich zu begrüßen.

»Ich werde nie müde, von hier aus auf die Stadt zu schauen«, sagte er wie zu sich selbst. Das Viertel Malá Strana nahm den größten Teil der Sicht ein, und man konnte Staré Město gut erkennen. Im Licht des Nachmittags glänzten die Dächer und Kuppeln, blendeten fast. »Vielleicht bevorzugt die Macht immer einen Blick von oben«, sagte er zufrieden.

Er ließ mich Platz nehmen.

»Also, sagen Sie mir: Was haben Sie erfahren, und was könnte ich wissen?«

Ich versuchte möglichst einnehmend zu erzählen, um sein Interesse zu erregen. Er schaute mich aufmerksam an, manchmal kniff er die Augen zusammen, wie um etwas zu erforschen und um herauszufinden, ob ich vielleicht mehr wüsste, als ich ihm berichtete. Er blieb still. Nachdem ich geendet hatte, schwieg er immer noch.

Er legte eine Hand ans Kinn und schien in Gedanken zu versinken. Dann stand er auf und ging zum Fenster, um nach draußen zu schauen, als wollte er etwas kontrollieren. Er kam zurück, setzte sich und schaute mich an. Seine Augen wurden von einem besonderen Glanz erfüllt. Er lächelte.

»Sie haben wirklich eine schöne Geschichte gefunden. Wer weiß, vielleicht hat es sich wirklich so abgespielt. Die Masse lebt und weiß nicht, was sich über ihren Köpfen abspielt. Und manchmal ist es auch richtig, dass sie unwissend bleibt. Die Logik dessen, der herrscht, wird den Beherrschten nicht erklärt. Sicher, inzwischen ist viel Zeit vergangen. Viele Medikamente – und sogar Gifte – funktionieren mit der Zeit nicht mehr. Auch Ihre Geschichte ist vielleicht wie ein abgelaufenes Medikament. Aber manchmal können abgelaufene Arzneimittel auch Schaden anrichten. Also, jetzt stellen Sie sich mal nicht hin und posaunen es in alle Welt hinaus. Auch ich habe eine ähnliche Geschichte gehört … aber bei diesen Dingen ist nichts jemals sicher. Ich erinnere mich nicht, ob an jener Operation auch die Unsrigen beteiligt waren. Es besteht eine gewisse Möglichkeit. Die Leitung lag sicher nicht bei uns; wer weiß, woher Befehl und Kommando kamen. Aber wir hätten sehr hilfreich sein können. Der Verstand nützt, aber ohne den Arm kann er nicht viel ausrichten. Und wir sind immer ein sehr verlässlicher Arm gewesen. Viele unserer Ingenieure reisten damals ins Ausland. Technisch sehr fähig und sehr zuverlässig. Ich hätte sie gern bei einer solch delikaten Sache gesehen. Ich habe einen guten Bekannten, der sich um diese Operationen kümmerte. Kurios ist, dass er noch heute nicht vollständig im Ruhestand ist … Vielleicht geht man bei manchen Berufen tatsächlich nie wirklich in Pension.«

Er lächelte erneut.

»Ich werde ihn anrufen und ihm von Ihrer Hypothese berichten, von dieser Anmerkung, die Sie gefunden haben. Ich kann nichts versprechen, aber ich glaube, er könnte über diese Geschichte informiert sein. Ich glaube sogar, dass es bis heute nur wenige Dinge gibt, über die er nicht … informiert wäre.«

Er zog jenes »nicht« so lange wie möglich in die Länge.

»Ich danke Ihnen«, antwortete ich. »Ich bin nur an der Wahrheit interessiert. Ich habe kein Motiv, irgendjemandem zu schaden.«

Er wurde von einer gewissen Heiterkeit ergriffen.

»Also dann sind Sie wirklich sehr gefährlich, für sich und für andere. Sie kennen ja das persische Sprichwort – auch wenn man heute keine Pferde mehr verschenkt. Ich rufe Sie an, wenn ich von meinem Kontakt gehört habe. Oder vielleicht ist es besser, wenn er sich direkt mit Ihnen in Verbindung setzt. Sicher wird es so sein. Ich glaube, er wird sich jünger fühlen, wenn ich ihm von Ihrer Geschichte erzähle. Ich denke, Sie haben etwas Wertvolles und zugleich Delikates in Händen. Versuchen Sie, sich nicht zu verletzen … und anderen um Sie herum keinen Schaden zuzufügen. Das wäre bedauerlich. Sicher, Sie haben noch nichts geschrieben, zum Glück. Und die gute Seele Zábrana ist ja inzwischen jenseits der Leiden dieser Welt. Doch die Toten sollten in Frieden ruhen. Alle Toten, sage ich. Jedenfalls bringt sie niemand wieder zurück, und es ist nicht schön, bestimmte Erinnerungen zu verändern. Die Geschichte, wie auch immer sie sei, ist bereits geschrieben worden ... Sie wollen sicher nicht versuchen, sie umzuschreiben. Hoffe ich.«

Er erhob sich und reichte mir die Hand.

»Ich grüße Sie. Sie haben gut daran getan, mich auf dem Laufenden zu halten.«

Der Kontakt

Als das Telefon klingelte, war es schon sehr spät. Das leichte Klingeln breitete sich in den Räumen aus, um die nächtliche Ruhe zu stören. Ich saß lesend in einem Sessel am Fenster, eingelullt von dem konstanten Rauschen der Stromschnellen. Der Rückruf überraschte mich, als ob jemand vor der Tür gestanden hätte, unvorhergesehen, erschienen aus dem Nichts.

Ich hob den Hörer ab.

»Guten Abend«, sagte eine tiefe und entschiedene Stimme. »Ich bitte um Verzeihung für die späte Stunde, aber ich wollte sicher sein, Sie anzutreffen. Unser gemeinsamer Freund hat mir von Ihnen erzählt.«

»Ich wundere mich, dass Sie mich unter dieser Nummer anrufen ... Die kennt sonst fast keiner.«

»Sie haben richtig gesagt: fast keiner. Aber unser Beruf ist es, die Dinge zu wissen.«

»Daran zweifle ich nicht. Das muss sicher ein interessantes Metier sein.«

»Es ist ein sehr interessantes Metier – und es hält jung, aktiv und immer bereit für Neuigkeiten und Änderungen. Weil die Dinge sich verändern, wie Sie wissen.«

»Und manchmal ändern sie sich, um gleich zu bleiben.«

»Ich sehe, auch Sie mögen es, zu beobachten ... Und ich weiß, dass Sie Dinge wahrgenommen haben, die einige Aufmerksamkeit wert sind. Unser Freund hat mir detailliert berichtet. Ich kann Sie treffen, wenn Sie mögen. So können wir abgleichen, was wir wissen.«

»Gerne. Sagen Sie mir, wann und wo.«

»Sagen wir übermorgen um vier im Kavárna Velryba. So können Sie sich sicher fühlen. Ich weiß, dass Sie hier zu Hause und bekannt sind – viel mehr Personen, als Sie sich vorstellen, glauben Sie mir ... Denken Sie also daran: Jede unserer Gesten ist mittlerweile gut sichtbar.«

Ich blieb stumm.

»Sie haben recht, es ist spät ... Ich möchte Sie nicht aufhalten. Ich werde übermorgen im Velryba sein. Ich wünsche Ihnen eine geruhsame Nacht.«

Kavárna Velryba

Ich betrat das Velryba wie immer eine gute halbe Stunde früher als vereinbart, um mich in Ruhe im Lokal niederzulassen, meinen gut geschützten Platz zu finden, von wo aus ich alles mitbekommen würde, und, ohne Furcht und ohne mich von dem Anschein überraschen zu lassen, darauf zu warten, dass die Welt erscheinen und die Ereignisse eintreten würden. Im Lokal döste die Zeit träge vor sich hin, bewegte nur ganz leicht die Rauchschwaden im Licht, das gleichsam zeitlos durch die Glasfenster hereinfiel. Man hätte hier, in diesem reinen Schimmern, für immer auf den Abend warten können. Die ziellose Ruhe des Nachmittags stand still, und ich bemerkte nichts, das sich zwischen den Dingen bewegt hätte. Die geheime Energie von Begegnungen schwand zwischen den Minuten dahin, verlor sich in der Ferne. Noch schien nichts von dem Getriebe des Tages, von der irreparablen Bewegung der Dinge hineinzutröpfeln. Ich wartete auf etwas, das nicht kommen würde, das sich vor uns verbirgt und sich verweigert, vielleicht, um die eigene Macht, die eigene unverrückbare Kontrolle besser zu demonstrieren.

Ich versuchte mich von dem üblichen Kreislauf der Gesten und Geräusche, die heimlich das Lokal bestimmten, einnehmen zu lassen, aber etwas hielt mich zurück, verließ mich jenseits des ruhigen Rands des Lebens, wo es nur die Leere des Wartens gibt.

Die Uhrzeit für das Treffen war inzwischen vorüber, meinen *turecká* hatte ich ausgetrunken, die Zeitungen auf dem Tresen durchgesehen, und ich dachte schon daran zu gehen, als auf der Treppe des Lokals ein eleganter Mann erschien, der den Eindruck machte, er sei mit dem Ort nicht gut vertraut. Er stieg die Stufen hinab und begann sich umzusehen, als könnte er den, den er hier treffen wollte, nicht finden.

In der Hand hielt er einige Zeitungen und einen weißen Umschlag. Er blieb auf der Schwelle stehen, die zum Bad und zum Teesalon führte, sah nachdenklich aus. Er schaute auf die Uhr, hob den Blick in Richtung der Straße, unentschlossen. Er schien unruhig. Dann begab er sich zum Tresen, ging zwischen den Tischen hindurch, gut einen Meter von mir entfernt. In jenem Moment entglitt ihm der Umschlag scheinbar zufällig und fiel neben mir zu Boden. Er bückte sich, um ihn aufzuheben, wischte rasch den Staub ab und legte ihn auf meinen Tisch, während er seine Zeitungen in Ordnung brachte. An diesem Punkt schaute er mich an, deutete ein Lächeln an, als wolle er sich entschuldigen. Er sagte nichts und kehrte wie in Gedanken versunken mit langsamen Schritten zur Treppe zurück. Für einen Moment drehte er sich um, dann stieg er langsamen Schrittes die Stufen hinauf und verließ lautlos das Lokal.

Einen Augenblick glaubte ich, nicht zu verstehen. Ich sah durch die Fensterscheiben nach draußen, ohne ihn zu entdecken. Da war ich mir sicher, dass er nicht zurückkehren würde.

Einem Instinkt folgend, nahm ich den Umschlag. Er war nicht versiegelt. Ich öffnete ihn.

Er enthielt eine Fotografie, mit einem Teleobjektiv gemacht, von bemerkenswerter Qualität. Man sah eine Person, aufgenommen, während sie aus einem Gebäude trat, fast schon im Vordergrund. Auf dem Foto war nur eine einzige Person verewigt worden, und ich konnte sie nicht verwechseln: Die Person war ich selbst.

Ich erwartete nunmehr einen weiteren Anruf. Und der Anruf kam, zwei Tage später, wie üblich am späten Abend. Die Stimme war dieselbe, wie auch die falsche Fröhlichkeit und die zur Schau gestellte gute Laune. »Guten Abend«, sagte die Stimme.

»Gute Nacht«, antwortete ich. »Ich sehe, Sie wertschätzen meine Gewohnheiten.«

Es folgte ein unangenehmes Lachen, das mit ein paar Hustern endete. Zu seinem gewohnten Tonfall zurückgekehrt, sagte der Anrufer: »Vor einigen Tagen hatten wir ein paar Dinge zu überprüfen, und wir konnten mit Ihnen noch nicht in Ruhe darüber reden. Aber Sie sehen ja, dass wir Sie nicht allein gelassen haben, und wir haben Ihnen unsere ständige Aufmerksamkeit demonstriert.«

Ich schwieg.

Überrascht von meiner fehlenden Reaktion, fuhr er fort, immer noch im Versuch, mich weiter zu beeindrucken. »Ich kann nicht sagen, dass wir Sie nicht kennen würden, aber es schien mir richtig, Sie und Ihre Gewohnheiten zu überprüfen … und natürlich Ihre Kontakte.«

»Ich bin geschmeichelt … Habt ihr herausgefunden, von welcher Seite ich am besten aussehe? Wie viel Zucker ich in meinen Kaffee tue? Ich bin sicher, ihr seid zu erstklassigen Ergebnissen gekommen.«

Er schien mit meiner Antwort nicht glücklich zu sein. Mit trockener Stimme sagte er mir: »Vielleicht ist der Moment gekommen, Sie mit jemandem reden zu lassen, der über die eigentliche Angelegenheit Bescheid weiß. Ich möchte klarstellen, dass wir nicht die Absicht haben, Ihnen zu helfen oder Ihre Hypothesen zu stützen. Wir möchten Ihnen nur unsere Version der Ereignisse zukommen lassen. Auch liegt es in unserem Interesse, dass bestimmte historische Wahrheiten aufrechterhalten werden und dass einige essenzielle Linien gewahrt werden. Die Verantwortung für jeden Versuch, diese Daten zu verfälschen, würde direkt auf denjenigen zurückfallen, der in diesem Sinne tätig werden wollte. Ich hoffe jedoch, dass Sie nicht beabsichtigen, etablierte historische Wahrheiten zu untergraben …«

»Niemand möchte irgendetwas untergraben. Es geht nur um Hypothesen, die überprüft werden. Und diese Hypothesen sind sicher nicht die meinen. Ich habe sie gelesen, wie Sie sie lesen können.«

»Ich habe immer starke Zweifel gehabt, was die Pressefreiheit angeht … Sicher, früher war es einfacher. Aber auch heute kann man noch etwas machen.«

»In Erwartung Ihrer Vorkehrungen: Wann, glauben Sie, lassen Sie mich mit Ihrem Mann sprechen?«

»Ich sehe, dass Sie ungeduldig sind, unsere Quellen zu hören. Das gefällt mir. Ich kann Ihnen bereits einen Termin geben: übermorgen Vormittag im Café Slavia. Unser Mann ist in Ihren universitären Wirtschaften nicht so zu Hause. Er hat immer andere Gewohnheiten gehabt.«

»Das freut mich für ihn – das heißt, dass er immer auf der richtigen Seite stand. Versuchen Sie diesmal bitte, mich nicht vergeblich warten zu lassen.«

»Nein, diesmal werden Sie Ihre Fahrt nicht umsonst machen, das versichere ich Ihnen. Haben Sie eine gute Nacht.«

»Sie ebenfalls.«

Unterredung im Café Slavia

Das Café Slavia war am späten Vormittag fast leer. Einige Touristen verweilten bei Schokoladen und Törtchen und suchten in der milden, duftenden Luft Spuren einer Vergangenheit, die schon lange nicht mehr existierte. Ich verfolgte die Bewegung der Straßenbahn an der Kreuzung, ihr hypnotisches Gleiten, ewig, jenseits der Generationen und der Menschen, ein Versprechen einer unendlichen Bewegung, am Fluss entlang, durch die Stadt, die fernen Viertel, die Zukunft.

Der Kontaktmann überraschte mich, während ich in Gedanken versunken dasaß, setzte sich mir still gegenüber, mit der entschlossenen Bestimmtheit von jemandem, der nicht zu fragen braucht. Er lächelte mich an, ohne zu reden, dann sagte er halblaut: »Ich bin hier.«

Er hatte mich nie zuvor gesehen, dennoch ließ seine Körpersprache erkennen, dass er mich kannte, dass er Bescheid wusste, dass er volle Kontrolle über alles hatte, was mich betraf. Er fragte mich in ironischem Ton, ob ich am Tag zuvor in einem Antiquariat in Vinohrady etwas Passendes gefunden hätte. Ich antwortete ihm, dass das Paket, mit dem ich aus dem Geschäft gekommen war, zeigte, dass dem so war.

Nach einem Moment des Schweigens entschloss er sich, dass nun der Moment gekommen war, die Themen anzusprechen, deretwegen wir uns getroffen hatten, jene ruhelose und hartnäckige Vergangenheit, die unter stillen Schichten von Zeit lag, die jedoch noch immer pulsierte und einen Raum, ein Licht in der eitlen Gegenwart der Lebenden beanspruchte.

»Jener Sommer im Jahr 1980 war in vielerlei Hinsicht erstickend. Die Hitze, die Atmosphäre einer ewigen Gefangenschaft in Folge der Charta 77, das Anziehen der Daumenschrauben, die immer versessenere Kontrolle von allem, was eine Oppositionsbewegung oder eine Revolte darstellen könnte.

Zábrana besuchte mit resignierter Beharrlichkeit weiterhin

seine bevorzugten Cafés. Häufig blieb er in der Brauerei Malešice im Erdgeschoss seines Wohnblocks, dann bewegte er sich Richtung Zentrum, ging oft ins Waldek am Wenzelsplatz, in ein Lokal am Friedensplatz oder in ein anderes Café, auch hierher, ins Slavia, um mit einem der üblichen Gäste Schach zu spielen.

Wer weiß, vielleicht hat er hier seinen Informanten gefunden, aber wahrscheinlicher ist, dass er ihm am Wenzelsplatz begegnet ist. Sie trafen sich immer wieder mal, wenn der andere aus Moskau zurückkam, eine Pause bei seinen Studien machte oder vielleicht demjenigen, der ihm so viel Freiheit ließ, einen Gefallen tat. Zábrana hatte wegen seiner Übersetzungen auch mit Amerikanisten Kontakt, und lange haben wir hinsichtlich der genauen Identität seiner Quellen und der Art Nachrichten, die er erhielt, Zweifel gehabt. Natürlich handelte es sich immer um Informationen von literarischem oder vage politischem Interesse, frei von objektiver Bedeutung, aber unsere Arbeit verpflichtete uns, nichts außer Acht zu lassen.

Wir sind ziemlich sicher, dass die Unterredung am Ende des Sommers stattfand, an der Schwelle zum Herbst. Sein Informant war gerade dabei, ein Buch zu veröffentlichen, das wichtig für seine eigene Karriere war. Vielleicht war er in euphorischer Stimmung, vielleicht dachte er, dass für ihn die Fesseln, die die normalen Bürger einschränkten, nicht mehr gelten würden und dass seine vertraulichen Kenntnisse ohne Furcht weitererzählt werden könnten. Fakt ist, dass er Zábrana mit absoluter Genauigkeit von jener Operation erzählte, zwanzig Jahre nach den Ereignissen, ohne dass auch nur ein Wort von der Realität abwich. Seine Schilderungen waren von so beängstigender Präzision, dass Zábrana ihn fragte, woher er diese Kenntnisse habe. Er wich aus, konnte ihm die Kette seiner Kontakte und die Verzweigungen seiner Bekanntschaften nicht darlegen. Ihm genügte es, Zábrana zuzusichern, dass die Quelle jener Geschichte zweifellos sicher sei und der Führungsriege, die die Operation durchgeführt habe, sehr nahestehe.

Zábrana war tief betroffen, aber die Umstände haben uns geholfen: Seine alltäglichen Sorgen richteten sich auf andere

Dinge. Der Zeitpunkt war besonders schwierig, auf politischer wie auf literarischer Ebene, die fraglichen Fakten lagen zwanzig Jahre zurück, daher waren seine Möglichkeiten, die Behauptung auf glaubwürdige Weise zu verbreiten, fast nicht existent. Außerdem wurde dem Gewährsmann sein Fehler bewusst, seine gefährliche Euphorie und vorübergehende Sorglosigkeit, und er machte klar, dass das kein Witz gewesen sei, dass die Information sehr geheim sei und auf keinen Fall verbreitet werden dürfe – und dass er sie auch nie bestätigen würde.

Zábrana schrieb, was er gehört hatte, in ein Heft seines Tagebuchs, und in gewisser Weise vergrub er das, was er wusste, ohne es zu vergessen, tat es zur Seite, vielleicht in Erwartung eines geeigneten Moments, der nie kam. Das Gewicht seines Fatalismus, seines Misstrauens in die Gegenwart, die gleichsam tödliche Gewissheit, dass sich nichts ändern würde, ließen ihn glauben, dass die Wahrheit nicht siegen könnte, dass der berühmte Ausspruch ›*pravda vítězí*‹ von der Geschichte, von einer stärkeren Realität verdammt worden sei. Und wer hätte ihm dann geglaubt? Was hätte er anzubieten gehabt? Allein die Vertraulichkeit eines Gelehrten – in mancher Hinsicht verdächtig wegen seiner exzessiven Freiheit –, der mit Sicherheit immer wieder jene Worte geleugnet hätte. Das war das Nichts, das reine Nichts, aus dem nur gefährliche Konsequenzen erwachsen konnten.

Nein, Zábrana konnte in jenem Moment nicht handeln, alles verschwor sich, um ihn noch fatalistischer zu machen, ihm zu verstehen zu geben, dass die Wahrheit unmöglich zu kennen war und noch weniger verbreitet werden konnte und dass die Herren, die Besatzer über Jahrhunderte hinweg nicht gehen würden. Vielleicht niemals.

Es war zu Ende.

Es war alles aus, und er wusste es.«

Das Café hatte sich wieder geleert, der Mann war wenige Augenblicke nach einem kurzen Telefonat verschwunden. Er hatte einfach gesagt: »Ich melde mich. Begeben Sie sich nicht in falsche Hände. Und suchen Sie nicht zu sehr. Die Vergangenheit stirbt nie so ganz. Sie können uns noch erreichen.«

In jenem stillen Saal, besucht von dem Licht des Vormittags, von dem gedämpften Kreischen der Tram, bewegte man sich in einer namenlosen Zeit ohne präzise Koordinaten. Die Ewigkeit der Dinge manifestierte sich. Der Fluss, das Theater, die Straße, das Licht, die Tische, die Stille; die Sphären der Welt drehten sich leicht, ohne Schmerz oder offenkundige Anstrengung. Ein Mann, allein, leerte die ersten morgendlichen Drinks, zarte Stundengläser aus Licht, die sich dem Tag entgegenstellten. Eine Frau überschritt die Gewohnheit oder die Zeit, verlangte einen Kaffee und Törtchen, blätterte die Zeitungen durch, als wollte sie ihr Glück herausfordern. Ich spürte die Schwerkraft von allem um mich herum wie eine Ironie der Schöpfung, die jedes Schicksal wie Staub auf einer Straße verstreut.

Marie Zábranová

Es war der Augenblick gekommen, mit Marie Zábranová zu sprechen. Wir hatten uns Jahre zuvor kennengelernt, flüchtig. Gewiss dachte ich nicht, dass das Schicksal mich eines Tages zu diesem Treffen mit ihr und dem Geist von Jan Zábrana rufen würde.

Mit der unzerstörbaren Kraft dessen, was er geschrieben hatte, in seinem von den Zeiten und von der Macht belagerten Zimmer, isoliert wie im Nichts, kehrte Jan Zábrana in die Leben vieler zurück, um die Gegenwart zu besuchen. Und während das Leben für die anderen weiterging, ließ es ihm nur jene Augenblicke für dieses lange, unvollendete Testament.

Wir trafen uns an einer Kreuzung im Zentrum Prags, einem Ort, den ich liebte – auch wenn er chaotisch und laut war, so war er doch auch immer vom Leben beseelt und voll von einer geheimen Energie, selbst in den ruhigen Stunden. Wir erkannten uns wieder, begleitet von der Furcht vor der vergangenen Zeit und von dem Gefühl, dass dieses Treffen wichtig sein würde, dass die Dunkelheit der verflossenen Zeit hier münden würde, in jener Stunde und in jenen Straßen.

Wir nahmen in einem Café im Schatten eines stillen Innenhofes Platz.

Am Telefon hatte ich mein Anliegen schon vorab angekündigt und im Detail von dem Textabschnitt erzählt, den ich der Stille entrissen hatte. Dennoch war es in den ersten Minuten schwierig, das Thema anzusprechen. Etwas sehr Empfindliches und Zerbrechliches lag zwischen uns wie die Asche eines verlorenen Lebens, aber auch etwas Hartnäckiges, das sich der Zukunft entgegenstellte, den Leben der anderen, der Erinnerung desjenigen, der etwas wusste, und der Gleichgültigkeit dessen, der sich nicht erinnerte oder nicht erinnern mochte.

Nach und nach, gleichsam als zöge ihre Hand sie aus der Luft, sammelte Marie Zábranová die ersten Bruchstücke der

Vergangenheit, die Orte, die Szenen, die Augenblicke, die Jan Zábrana in jener Zeit ihres gemeinsamen Lebens erlebt hatte. Ich ließ sie erzählen, machte mir eine Notiz oder merkte mir einfach etwas. Es schien, als würde die gesamte Vergangenheit plötzlich die Distanz auffressen, die uns von ihr trennte, und als seien die Taten und die Ereignisse, von denen Marie Zábranová erzählte, erst vor wenigen Tagen geschehen – und als wäre Jan Zábrana hier, hinter einer Ecke, bereit, wieder zu erscheinen und sich neben uns zu setzen.

Die Erzählung stockte manchmal; die Schwierigkeit, in jener Zeit gelebt zu haben, schlug sich im Atem, in der Ängstlichkeit, in den unerwarteten Pausen nieder, die die Erzählung zerteilten. Von jenen Jahren schälten sich in der Erinnerung nur einige Orte heraus und waren immer noch dieselben: die Bierstube von Malešice, das Haus, die Lokale am Friedensplatz, am Wenzelsplatz, das Café Slavia und manche Privatwohnung, in der man nur mit Vorsicht sprechen konnte, leise, weil überall Mikrofone versteckt sein konnten.

Am Telefon war es unmöglich zu sprechen, alles wurde kontrolliert, und manchmal nahm man entfernt das Geräusch des Mitschnitts wahr, wie ein Fensterchen, das sich in der Leitung öffnete. Einige Mutige grüßten vor ihrem Gesprächspartner die Leere, die Leitung, das unverwechselbare Geräusch dessen, der mithörte. In vielen Fällen war das Anzeichen eine leichte Dopplung der Stimme, wie ein Echo, das den ausgesprochenen Worten folgte.

»Denken Sie nur«, sagte Marie Zábranová, »auch gestern Abend, als Sie mich angerufen haben, habe ich entfernt dieses Echo gehört, diese Dopplung. Wer weiß, vielleicht stellt es sich jetzt wieder ein … Die Vergangenheit stirbt nie vollkommen.«

Mir schien, ich hätte diesen Satz schon einmal gehört – allerdings seitens der Mächtigen.

Zábranas Leben ist sehr ruhig gewesen. Meistens schrieb oder übersetzte er. Er verbrachte viel Zeit zu Hause, zwischen Büchern und Papieren, in einem unbetretbaren Raum, zu dem niemand, nicht einmal Marie, Zugang hatte. In jener seltsamen kontrollierten Unordnung wusste er immer, wo ein Blatt zu finden war, ein Buch, ein Zettel. Seine Papiere waren wertvoll und unantastbar, so wie die Hefte seines Tagebuchs, die ihn in der Stille jener Jahre begleiteten. Erst am Ende seines Lebens, als seine Tage gezählt waren, erschienen sie in Maries Augen als das, was sie waren: Jans leiser und unermüdlicher Kampf gegen seine Zeit, gegen die dumpfe Hand des Regimes, die sein Talent und seine Ideen erstickte, die ihn in eine erzwungene Anonymität drängte, während sie die wenigen unfähigen Sklaven feierte, Tintenkleckser wie aus dem Ministerium, blasse Realisten ohne Licht, Lohnschreiber, die der offiziellen Kulturlinie treu waren. Seine Partie war verloren, aber er forderte Revanche in der Zukunft, warf den gesamten Einsatz auf den unbekannten Tisch dessen, was folgen sollte, nach ihm, in einem anderen Klima, das sicher kommen würde, wie in der kurzen Phase 1968, aber diesmal für immer.

Die Herren waren noch da, aber die Zeit grub sich unter ihre Stiefel, unter die Ketten ihrer Panzer, jene zersetzende Zeit, die die Zivilisationen, aber auch Unterdrückung und Tyrannei begräbt. Die Zeit war sein Zufluchtsort, und jetzt betrog sie ihn, sie war nicht mehr, wie er immer geglaubt hatte, auf seiner Seite. Sie würde tätig werden, sicher, sie würde den eisernen Vorhang, der sich über viele Leben gelegt hatte, zerbrechen – aber ohne ihn, ohne dass er den Tag miterleben könnte, auf den er jahrzehntelang gewartet hatte.

Die Partie war verloren, aber es blieben Marie und die verlässlichen Worte, die jener unzerstörbaren Ehre gewidmet waren, die erst seine Eltern und dann ihn selbst in den Untergang geleitet hatte. Er war der Legion der Knechte nicht gefolgt und hatte dafür bezahlt. Aber seine Würde und seine Ehre waren intakt, und seine unermüdliche Erinnerung hatte fast dreißig Jahre seines alltäglichen Kampfes und der tatsächlichen Geschichte seines Landes bewahrt, katalogisiert und geordnet. Auch die Herren würden vergehen, nicht aber sein Tagebuch. Es war eine verrückte Hoffnung, vielleicht die x-te Illusion, aber er hatte die Vernunft auf seiner Seite: die Vernunft der Besiegten, der Desillusionierten, die Vernunft dessen, der nicht nach Macht strebt, die Vernunft dessen, der sehen will, wenn alle vergessen wollen.

Er war Jan Zábrana.

Er hatte nicht gedient.

Der aussichtslose Kampf zersetzt, verschleißt, zerstört. Die Krankheit war schnell, gestand ihm keine Gelegenheit mehr zu, keinen Verzug, keine Verlängerung. Die Zeit hatte ihn verlassen. Er zeigte Marie die Hefte des Tagebuchs, erzählte ihr von ihrer Wichtigkeit und Gefährlichkeit. Er war sehr aufmerksam. Häufig hatte er Namen und Umstände getilgt, Daten und Orte ausgelassen. Doch gewiss waren die Ereignisse wiedererkennbar, bestimmte Namen konnte man nicht tilgen, viele Menschen wären in Gefahr gewesen, wenn jene Tagebücher in die falschen Hände gefallen wären. Aber bei Marie war er sich sicher: Sie war von seiner Art, sie würde sich nicht beugen, keinen Fehler machen. Ihre Epoche hatte auch unangreifbare Personen hervorgebracht, fähig, den schrecklichen Zeiten standzuhalten.

Marie bewahrte alle seine Unterlagen auf, widerstand schweigend und über die Zeit hinweg, bis die Jahre – jetzt nur noch wenige – die Herren und ihre Knechte auseinandertrieben und davonschleuderten. Erneut entstand nach und nach Raum für das freie Wort, ohne Ängste oder Zensur. Die Zeit von Jan Zábrana war zurückgekehrt. Als seine Tagebücher publiziert wurden, kam ein Heer von Schatten herbei, um sie zu kaufen. Wer lange geschwiegen hatte, konnte nun die Stimme der verlorenen Jahre hören, das schneidende Wort, das nicht niedergeschrien werden konnte, das unerschütterliche Urteil, das keine Autorität und keine Lüge fürchtete.

Nachdem Marie lange erzählt hatte, sah sie mich an, für einen Augenblick verschreckt wegen all dem, was sie aus dem ungeheuren Dunkel der Vergangenheit heraufbeschworen hatte – einer Vergangenheit, die bis gestern angedauert hatte. Aber das war nur ein Moment. Sie richtete sich auf ihrem Stuhl auf, fand ihre Stärke wieder, ihre Festigkeit, die ihr erlaubt hatte, Widerstand zu leisten und unermessliche Kräfte zu besiegen.

Plötzlich, als wollte sie sich auf ein wichtigeres Problem konzentrieren, verbannte sie die Bilder der Vergangenheit, um ein zentrales Thema anzusprechen: Wer waren die Gesprächspartner ihres Ehemanns gewesen?

Ihrer Ansicht nach gab es drei mögliche Quellen. Sie erinnerte sich an drei Personen, die Zugang zu zuverlässigen Informationen aus Moskau hatten. Alle drei waren häufig in die sowjetische Hauptstadt gereist, hatten sich dort aufgehalten und verfügten über die richtigen Kontakte, um geheime Informationen zu erhalten. Das waren ein großer Literaturwissenschaftler, ein Soziologe, der später ins Ausland emigriert war, und ein erfahrener Übersetzer aus dem Russischen. Nur einer von ihnen lebte noch und konnte noch Zeugnis ablegen. Die anderen würden nicht mehr mit uns reden können.

George Gibian, geboren als Jiří Gibian, war ein tschechisch-amerikanischer Professor für Russische Literatur und Vergleichende Literaturwissenschaft, der von 1961 an achtunddreißig Jahre lang an der Cornell University in den Vereinigten Staaten unterrichtet hatte. Er war 1924 in Prag zur Welt gekommen und ist schon 1939, wegen der Besetzung durch die Nationalsozialisten, nach England ans St. Edmund's College in Hertfordshire gegangen. 1940 emigrierte die gesamte Familie in die Vereinigten Staaten. Nach dem Studium an der University of Pittsburgh trat Gibian 1943 in die Armee ein, in die 94. Infanteriedivision, die 1944 in der Normandie landete. Anschließend diente er in der 3. Armee von General Patton und wurde mit der Bronze Star Medal ausgezeichnet. Er schloss sein Studium an der School of Advanced Studies der John Hopkins University ab und machte den Doktor in Vergleichender Literaturwissenschaft an der Harvard University. Bis 1959 unterrichtete er am Smith College, dann, von 1959 bis 1960, an der University of California, Berkeley. 1961 ging er ans Seminar für Russische Literatur an der Cornell University. Er reiste häufig in die Sowjetunion und in die osteuropäischen Länder und kehrte dabei stets in die Tschechoslowakei zurück. 1974 zum Beispiel begegnete er – den Berichten der tschechischen Sicherheitsdienste zufolge – Milan Kundera, der im folgenden Jahr nach Paris fliehen sollte.

Während seiner Aufenthalte in Prag kam er häufig mit Jan Zábrana zusammen. 1975 machte er auf seinem Rückweg aus Moskau Station in Prag und traf sich, wie Marie Zábranová sich erinnert, mit ihm. Sie blieben bis 1984 immer in Kontakt, bis kurz vor Zábranas Tod. Gibian könnte tatsächlich die Quelle gewesen sein, von der Zábrana die Informationen über den Unfall Albert Camus' erhalten hat. Leider ist er 1999 in seinem Haus in Ithaca, USA, gestorben. Er wird uns über Jan Zábrana, das Prag der 1970er Jahre und vielleicht auch über Albert Camus nichts mehr erzählen können.

Jiří Zuzánek, Professor an der kanadischen University of Waterloo, könnte hingegen einige Fragen bezüglich der Vergangenheit beantworten. Maria Zábranová hatte zu der Zeit, als der Fall Camus in der Weltpresse aufgegriffen wurde, ein Telefongespräch mit ihm. Professor Zuzánek hat bekräftigt, dass er jene Geschichte nicht kennt und dass nicht er es war, der Jan Zábrana von dieser Episode berichtet hat. Zuzánek, der sein Soziologiestudium in Prag absolviert hat, ist 1968, nach der sowjetischen Invasion, aus der Tschechoslowakei ausgewandert. Viele Jahre lang hat er an der University of Waterloo unterrichtet, wo er bis heute Emeritus ist. Sein wichtigstes Buch ist »Work and Leisure in the Soviet Union: a Time-Budget Analysis«, erschienen 1980. Auch er spricht fließend Russisch und ist oft in die Sowjetunion gereist. In den Prager Jahren war er als jemand bekannt, der über nationale und internationale Vorgänge sehr gut informiert war und sowjetfreundlichen Kreisen nahestand. Seine Erklärung gegenüber Marie Zábranová mag vielleicht seine endgültige Antwort in dieser Angelegenheit sein, auch wenn das die Möglichkeit, dass er die wirkliche Informationsquelle gewesen ist, noch nicht ausschließt.

Marie Zábranová vermutete, dass eine dritte Person direkte Kenntnisse über die Angelegenheit Camus gehabt haben und ihren Ehemann informiert haben könnte. Dabei handelt es sich um den Übersetzer Jiří Barbaš, der viele Jahre lang Werke aus dem Russischen ins Tschechische übersetzt hat. Leider ist auch er vor Jahren verstorben und kann auf unsere Fragen nicht mehr antworten.

Marie Zábranová hat kürzlich ein Gespräch mit der Ehefrau von Barbaš geführt. Die Frau hat bestätigt, dass ihr Mann sehr gut mit den sowjetischen Angelegenheiten vertraut gewesen sei und ohne Weiteres die Quelle für die Nachricht gewesen sein könne. Leider hat sie darüber aber keine Gewissheit. Auch andere Personen aus seinem Umfeld haben gegenüber Marie Zábranová die Meinung geäußert, dass vielleicht tatsächlich er,

Jiří Barbaš, angesichts seiner soliden Kenntnisse der russischen Milieus Jan Zábranas Informant gewesen sei. Marie Zábranová hat sich in einem Interview mit dem tschechischen Nationalradio auf diese verbreitete Ansicht bezogen.

Josef Škvorecký, der berühmte tschechische Autor, der nach Kanada emigrierte und als junger Autor zusammen mit Jan Zábrana Romane geschrieben hat, hat seine Meinung über den Fall in einem Telefonat mit Marie Zábranová zum Ausdruck gebracht. Škvorecký erinnerte sich, Zábrana sei ein enger Freund des russischen Schriftstellers Vasilij Aksënov gewesen, der tiefgehend über russische und sowjetische Vorgänge informiert gewesen sei. Auch er hätte also, Škvorecký zufolge, die Quelle für diese wichtige Information gewesen sein können. Leider ist Aksënov mittlerweile in Moskau gestorben. Die Zeit glättet schnell ihre Wogen, legt sich über viele Protagonisten jener Epoche. Immer weniger Zeugen bleiben, um uns über jene für das Schicksal Europas entscheidenden Jahre Auskunft zu geben. In Zukunft wird es immer weniger Möglichkeiten geben, die Wahrheit über viele bedeutende Ereignisse herauszubekommen.

Marie Zábranová erzählt

Ich traf mich erneut mit Marie Zábranová. Die Lawine von Erinnerungen, die über Jahrzehnte durch die Eiszeit jener Epoche blockiert war, begann jetzt immer schneller ins Tal zu rasen. Eine kleine Bewegung hatte gereicht, der Versuch zu erinnern, die Beschwörung von Phantasmen, die für immer verschwunden schienen, die Erinnerung an Gesten und Taten, die wirkten, als seien die in einer nunmehr ewigen Gegenwart eingefangen – die vergangenen Jahre und die Veränderung der Gleichgewichte in der Welt erlaubten jetzt jenen aufgeschobenen Leben, wieder frei im Bewusstsein zu erblühen. Sicher, man konnte nicht mehr zurückkehren und auch nur für einen Moment das Gesicht der Vergangenheit verändern, aber man konnte endlich von jener großen unzerstörbaren Zeit erzählen, die sich in der Erinnerung erhalten hat, geschützt vor dem Beben der vorüberziehenden Epochen und vor der Bedrohung durch düstere Abschnitte, die anscheinend immer wiederkehren und ihren Schatten der Gefahr und der Verdächtigungen auch auf die neue Ordnung werfen konnten, die aus dem Verschwinden der alten Herren hervorgegangen ist.

Marie spricht noch immer nicht gerne am Telefon. Ein ganzes Leben lang hat sie gewusst, dass sie abgehört wird, zu Hause, während der Arbeit, in den Gesprächen mit den liebsten Freunden. Wenn die alltägliche Existenz für jemanden eine konstante Bedrohung beinhaltet hat, ist es schwierig, neuen Umständen zu vertrauen, zu hoffen, dass das Leben und die Ereignisse einem eine zweite Chance und damit eine Unverletzlichkeit zugestehen könnten.

Manchmal, in jüngerer und unverdächtiger Zeit, nach dem Aufsehen, das das Erscheinen der Schriften ihres Ehemanns erregt hatte, glaubte sie in Telefongesprächen wieder dasselbe Echo zu hören, das einst den Sprechenden ankündigte, dass sie nicht allein waren, sondern abgehört wurden. Nun kann man sich nie sicher sein, aber das Überleben erprobter Methoden ist auch heute noch in vielen Ländern des früheren Warschauer Paktes nicht ausgeschlossen und in den Ländern der früheren Sowjetunion noch wahrscheinlicher, wo die demokratische Tünche immer noch recht dürftig und lachhaft erscheint.

In Maries Erzählung, die jene Jahre und den intellektuellen Weg ihres Ehemanns wiederaufleben lässt, verschränkt sich die Leidenschaft des Übersetzers Jan Zábrana mit einer zentralen Figur in der kulturellen Debatte der fünfziger und sechziger Jahre: Boris Pasternak. Zábrana war begeistert von »Doktor Schiwago«, und er unternahm jede Anstrengung, ihn ins Tschechische übersetzen zu können. Im Laufe der Jahre und durch die sich ändernde politische Situation begann er zu glauben, dass er mit seiner Absicht Erfolg haben könnte. Der Kampf würde lang sein, aber er war überzeugt, es zu schaffen. Das Schicksal des Romans und seines Autors ist außerdem auch mit der Bewunderung und dem Engagement Albert Camus' verknüpft. Nachdem dieser im Vorjahr den Nobelpreis erhalten hatte, setzte er sich bei der Jury des Nobelpreiskomitees dafür ein, dass Pasternak der nächste Preisträger würde.

Es ist einzigartig, wie sich die Lebensläufe dieser drei Männer, Zábrana, Camus und Pasternak, in der Zeit und im Schicksal kreuzten. Ihre Integrität, ihre Freiheit des Geistes, ihre gemeinsame Suche nach künstlerischer und menschlicher Freiheit war für sie alle zugleich fruchtbar und fatal. Auf unterschiedliche Weise haben die Geschichte jener Jahre und die Sowjetmacht sich verschworen, um sie zum Schweigen zu bringen und sie auszulöschen. Ihr Schicksal ist tragisch gewesen, aber die Frucht ihrer Schöpfung hat die Zeit und selbst die Macht überdauert, die ihr Werk behinderte und ihr Schicksal bestimmte.

Camus und Pasternak

In Marie Zábranovás Erzählung und in der persönlichen Geschichte dieser Autoren können wir zwei Spuren für unsere Recherche ausmachen: Eine ist verbunden mit der Beziehung – und dem Briefverkehr – zwischen Camus und Pasternak, die zur Verleihung des Literaturnobelpreises 1958 an Letzteren führte und die eine anwachsende Feindseligkeit der Sowjets gegenüber Camus zur Folge hatte, der die Kandidatur unterstützt hatte. Die zweite Spur ist mit den wirklich romanhaften Wirrungen verbunden, die es Jan Zábrana ermöglichten, die russische Fassung des »Doktor Schiwago« zu erhalten und den Text ins Tschechische zu übersetzen.

Albert Camus war seit einiger Zeit ein Bewunderer Pasternaks und hatte schon in seiner Nobelpreisrede 1957 »den großen Pasternak« zitiert. Er war an der Gesamtheit seines Werkes interessiert und dachte darüber nach, eine Theateraufführung zu inszenieren, die sich auf dessen Werk »Slepaja krasavica« (Die blinde Schönheit) gründete. Das Erscheinen des Romans »Doktor Schiwago« auf der Bildfläche, der große Tumult, der in Europa durch das steinige und wechselhafte Schicksal des Manuskripts im Heimatland ausgelöst wurde, und das letztendliche Potenzial der Pasternak'schen Erzählung überzeugten die europäischen Unterstützer des Autors noch mehr, ihn als Kandidaten für den Nobelpreis 1958 ins Spiel zu bringen.

Das Buch war schon Anfang 1956 fertig, und Pasternak war sich bewusst, dass der Text in der Sowjetunion »quasi unpublizierbar« war, zumindest in jenem bestimmten historischen und politischen Moment. Dennoch schickte er eine Kopie des Manuskripts an das Verlegerbüro der Zeitschrift Nowy Mir, ohne besondere Hoffnungen, dass es günstig aufgenommen würde.

Er fertigte dann einige Druckexemplare an und verteilte sie an Personen, die mit ihm befreundet waren und denen er vertraute. Isaiah Berlin erhielt eine dieser Kopien, die französische Doktorandin Jacqueline de Proyart, die später von dem Schriftsteller die Prokura erhielt, ihn im Ausland zu vertreten, und vor allem der italienische Journalist Sergio D'Angelo, der den Roman zu Giangiacomo Feltrinelli gelangen ließ. Dieser erkannte sofort die Wichtigkeit des Textes und bemühte sich, einen Exklusivvertrag mit Pasternak abzuschließen. Er hatte mit dieser Absicht Erfolg, auch wenn der Schriftsteller sich andere Möglichkeiten nicht verbauen wollte, und es begann ein unermüdlicher Kampf darum, das Buch publizieren zu können – gegen den Willen der Sowjets und die Bedenken der italienischen Kommunisten.

Nach langem Armdrücken und der Überwindung von Widerständen und Schmeicheleien aller Art hatte Feltrinellis verlegerischer Spürsinn die Nase vorn, und am 23. November 1957 erschien »Il dottor Živago« in Italien, in der italienischen Übersetzung von Pietro Zveteremich.

Der Verkaufserfolg des Werks stellte sich sofort ein, das Buch schlug ein wie ein Blitz. Verleger aus ganz Europa beeilten sich, Feltrinellis Spur zu folgen. Am 23. Juni 1958 erschien »Le Docteur Jivago« in Frankreich bei Gallimard.

Schon am 9. Juni 1958 schrieb Albert Camus, der als Lektor von Gallimard über alle Ereignisse im Zusammenhang mit der Veröffentlichung des Buches auf dem Laufenden war, einen Brief an Pasternak, der voller Bewunderung war und subtile Anspielungen darauf enthielt, welche Unterstützung er zu leisten bereit war. Nicht durch Zufall enthielt der Brief eine Kopie seiner Rede zur Nobelpreisverleihung in Stockholm, in der er Pasternak explizit lobt. Es war ein Zeichen der Befürwortung, die Camus ihm in Hinsicht auf den Nobelpreis 1958 zu leisten beschlossen hatte. Mit Diskretion, aber ohne öffentlich seine eigene Meinung zu verhehlen, unterstützte Camus Pasternaks Kandidatur gegenüber dem Preiskomitee und bemühte sich darum, dass andere Intellektuelle von Rang sich zu dessen Gunsten aussprächen.

Bereits sehr berühmt und gerade erst mit dem Nobelpreis

ausgezeichnet, war Camus zu dieser Zeit vielleicht der einflussreichste und am meisten gehörte Intellektuelle der Welt. Seine Figur des aufrechten Mannes, seine ununterbrochene Suche nach Gerechtigkeit, sein Kampf gegen die Diktaturen und seine Verteidigung aller Unterdrückten, wo immer sie sich befanden – all das machte aus ihm eine vorbildliche Persönlichkeit, überall respektiert und geachtet. Sein Urteil, sein Wort bekamen ein unschätzbares Gewicht. Nach dem eklatanten und rückhaltlosen Protest, den Camus gegen den Einmarsch in Ungarn geäußert hatte, war seine Unterstützung Pasternaks für die sowjetische Macht eine weitere Ohrfeige.

Zum wiederholten Mal trat Camus dazwischen, um die sowjetischen Anstrengungen, den Eklat rund um Pasternak zu ersticken, zu behindern. Er war zu ihrer Nemesis geworden – der fortschrittliche Intellektuelle, der in Europa (und vielleicht in der gesamten Welt) am meisten beachtet wurde, der die französischen Kommunisten als Marionetten entlarvte, der angesichts des ungarischen Massakers die Empörung der öffentlichen Meinung erregte und der jetzt den Skandal nährte, der von einem literarischen zu einem politischen wurde und der dazu beitrug, die Illusion wegzuwischen, es hätte nach 1956 eine wirkliche Entstalinisierung stattgefunden.

Vielleicht war tatsächlich der Fall Pasternak der Tropfen, der das Fass zum Überlaufen brachte – der Beweis, dass Camus inzwischen zu einem erklärten Feind geworden war und dass der Moment gekommen war, ihn zu eliminieren.

Hier der Text des Briefes, den Camus am 9. Juni 1958 an Pasternak schrieb:

Lieber Boris Pasternak,
René Char, der mein bester Freund ist, hat mir Ihre Adresse mitgeteilt, weil er die gefestigte freundschaftliche und bewundernde Meinung kennt, die ich für Ihr Werk hege und für den Menschen, den man dahinter leben spürt. Ich wollte Ihnen nur den kleinen Text schicken, der keine andere Bedeutung hat, als dass er ein fernes, aber treues Zeichen in Ihre Richtung be-

inhaltet [gemeint ist der Text der Rede in Stockholm anlässlich der Nobelpreisverleihung]. Wir sind unter denen in Frankreich, die Sie kennen und in gewisser Weise Ihr Leben teilen. Ich, der ich nichts wäre ohne das russische 19. Jahrhundert, finde in Ihnen das Russland, das mich genährt und gestärkt hat. Es ist falsch zu sagen, dass die Grenzen nicht existieren. Sie existieren, provisorischerweise. Aber gemeinsam mit ihnen existiert eine Kraft des Schöpferischen und der Wahrheit, die uns alle vereint, in der Demut und im Stolz zur gleichen Zeit. Ich habe das nie besser wahrgenommen, als wenn ich Sie gelesen habe, und dies ist der Grund, weshalb ich Ihnen meine Dankbarkeit und meine Solidarität aussprechen wollte.
Ich sende Ihnen warmherzige Grüße für Sie und die Ihren, für Ihr Werk und für Ihr großes Land.
Ich schüttele Ihre Hand,
Albert Camus

Am 28. Juni antwortet Pasternak und beginnt seinen Brief wie folgt:

Lieber Herr,
ich kann kaum meinen Augen trauen, dass ich Ihnen, Camus, schreibe. Eine neue Seite hat sich in meinem Leben aufgetan, die mir einen Vorwand und das Recht, die Gelegenheit gibt, Ihnen meine Bewegtheit und meine Dankbarkeit für die besonderen Akzente im Spiel des universalen Denkens von heute, die Ihnen geschuldet sind, auszudrücken.

Er schließt folgendermaßen:

Sie sind ängstlich bezüglich dessen, was mir geschehen könnte, und vergessen, dass kein Preis vergleichbar ist mit dieser neuen Verwandtschaft, die es hundertmal verdient, gelebt zu werden, bis zu der Grenze, dafür leiden zu müssen. Danke, danke für alles.

Darunter keine Unterschrift. Pasternak unterzeichnete seine Briefe nicht, in der Hoffnung, dass sie so leichter der Zensur entkämen. Am 14. August schreibt Pasternak erneut und fragt am Ende des Schreibens, ob Camus seinen vorherigen Brief erhalten habe. Aber der Ton ist noch warmherziger und brüderlicher und lässt erkennen, dass er, wenn nicht eine Antwort, so doch Signale von Camus erhalten hatte oder Nachrichten, für die er Dankbarkeit und Wertschätzung empfinden konnte.

Der Brief beginnt mit folgenden Worten:

Lieber und großer Freund,
woher soll ich die Worte nehmen, Ihnen meine tiefe Dankbarkeit für die seltene Unterstützung auszudrücken, die mir allein Ihre Existenz gibt, die Ordnung der Ideen, die Ihnen eigen ist, Ihre Art, die Dinge zu sehen, Ihr Werk, Ihr Sein? Ich werde mich dafür entscheiden, nicht ohne ein Körnchen von Unbescheidenheit zu sagen, wie sehr mich die Nähe unserer Ansichten beeindruckt.

In jenen Tagen begann die Zeit für die Kandidatur für den Nobelpreis bereits knapp zu werden, denn es ergab sich, wenn auch nicht offiziell vorgesehen, eine entscheidende Schwierigkeit: Der Text von »Doktor Schiwago« war zwar auf Italienisch und Französisch erschienen, jedoch nicht in der Originalsprache, auf Russisch. In Ermangelung einer russischen Ausgabe hätte die Schwedische Akademie Pasternak nicht in Betracht ziehen können.

Das Rennen, um dem Autor den Sieg in dieser eigenen Schlacht zu ermöglichen, hatte schon vor einiger Zeit begonnen. Feltrinelli war dabei, den russischen Text auf der Basis der Kopie, die er von Jacqueline de Proyart erhalten hatte, in Italien zu publizieren. Die Vorbereitung des Bandes bei dem holländischen Verleger Mouton war bereits ebenso weit gediehen.

Einige Forscher sind der Ansicht, dass die Ausgabe bei Mouton von der CIA gefördert worden sei, die den Band auch letztlich bei der Weltausstellung 1958 in Brüssel verbreitet hätte, wo zahlreiche Exemplare auf Russisch ohne das Original-Frontispiz erhältlich waren.

Offenbar mit der Genehmigung von Feltrinelli erschien tatsächlich am 24. August 1958, gerade noch rechtzeitig für die Kandidatur und mit leichtem Vorgriff auf die italienische Ausgabe, bei Mouton die Ausgabe auf Russisch, der mit Klebstoff eine erste Seite zugefügt wurde, die den Titel des Buches und in kyrillischer Schrift das Verlagssiegel »G. Feltrinelli, Milan« trägt.

Die Kandidatur Pasternaks war gesichert, und die Irritation der Sowjets steigerte sich noch weiter, da der russische Text nunmehr die Nomenklatura erreichen und sich heimlich unter den Intellektuellen sowie allen, die die Möglichkeit hatten, ins Ausland zu reisen, verbreiten konnte.

Es scheint, als hätte bei der Realisierung des Buches auf Russisch durch Mouton, genauer gesagt bei der Texterstellung, eine nicht-offizielle Sektion der CIA in Europa mitgewirkt, die CUPE, Central Union of Post-War Émigrés. Es existieren auch verschiedene Versionen, die über die Modalitäten berichten, wie die CIA in Besitz des Manuskripts gekommen sein soll. Eine davon erzählt von einer außerplanmäßigen, künstlich herbeigeführten Landung eines Flugzeugs in Malta, damals englisches Protektorat. Die Agenten hätten es während des Stopps geschafft, ein Exemplar von »Doktor Schiwago« zu fotokopieren, das sich im Gepäck eines Reisenden befand, ohne dass der Besitzer dies bemerkt hätte. In Wahrheit werden es mehrere Exemplare gewesen sein, die es in den Westen geschafft hatten, und für die amerikanischen oder englischen Dienste dürfte es keine Schwierigkeit dargestellt haben, in den Besitz eines dieser Bücher zu kommen. Kurze Zeit nach Erscheinen der Mouton-Ausgabe wurde auch die russische Ausgabe bei Feltrinelli herausgebracht, die in Italien lange erhältlich war, und die, wie wir sehen werden, auf abenteuerliche Weise in die Hände von Jan Zábrana gelangte.

Am 23. Oktober 1958 wurden die Anstrengungen Camus', Feltrinellis und aller, die an »Doktor Schiwago« geglaubt hatten, gekrönt, und Pasternak erhielt den Literaturnobelpreis. Leider fielen die Reaktionen in der Sowjetunion äußerst heftig aus. Ohne zu begreifen, dass die unnütze Brutalität dieser Repression einen viel schlimmeren Imageschaden anrichten würde, als es jemals ein Roman hätte tun können, der zudem noch nicht mal antisowjetisch war, folgten die offiziellen Reaktionen getreulich den mittlerweile etablierten stalinistischen Methoden.

Am 26. Oktober veröffentlichte die Literaturnaja gazeta einen vernichtenden Artikel von David Zaslavskij, während die Studenten der Philosophischen Fakultät aufgefordert wurden, eine Petition gegen Pasternak und seinen Roman zu unterzeichnen. Man organisierte dann für sie eine »spontane Demo«, die die Verbannung des Schriftstellers aus der Sowjetunion fordern sollte. Am 29. Oktober attackierte Vladimir Semichastny, zukünftiger Chef des KGB ab 1961, den Schriftsteller bei einer Rede vor dem Zentralkomitee der Liga junger Kommunisten anlässlich des vierzigsten Jahrestages des Komsomol heftig und mit obszönen Worten und verglich ihn mit einem Schwein. Chruschtschow war dabei und applaudierte, zusammen mit Tausenden von Leuten. Man glaubt heute, dass die rohesten Passagen dem Redner von Chruschtschow selbst diktiert worden seien, der es liebte, die üblichen Formen der Kommunikation zu verletzen, gern mal den Ton verschärfte und äußerst vulgär werden konnte.

Pasternak wurde dann versichert, dass, wenn er nach Stockholm reisen sollte, um den Preis in Empfang zu nehmen, ihm für immer die Wiedereinreise in die Heimat verweigert würde. Auch seiner Geliebten, Olga Ivinskaja, die unter Stalin wegen der Verbindung mit Pasternak bereits vier Jahre Arbeitslager verbüßt und bei der Verhaftung ihren ungeborenen Sohn verloren hatte, drohte man mit direkten Repressionen. Unter dieser fürchterlichen Anspannung dachte Pasternak an Selbstmord. Nach schrecklichen Tagen, in denen sowohl die Ehefrau als auch die Geliebte ihn dazu zu bewegen versuchten, auf den Nobelpreis zu verzichten, schickte Pasternak, am Boden zerstört, nach jenem Telegramm, in dem er seine Dankbarkeit ausgedrückt hatte, eine zweite Nachricht nach Stockholm und teilte diesmal mit, er müsse auf den Preis aufgrund der Bedeutung, die dieser Ehrung von der Gesellschaft zugeschrieben werde, in der er lebe, verzichten.

Obwohl Pasternak einen Schritt zurück getan hatte, ließ die Verfolgung seiner Person in den folgenden Tagen nicht nach. Die Union der Schriftsteller wandte sich mit mehreren Anläufen und in unterschiedlichen Presseorganen gegen ihn, und am 31. Oktober hielt man bei der Union einen Prozess hinter verschlossenen Türen ab, um den Ausschluss von Pasternak zu beschließen. Darüber hinaus ging eine Petition ans Politbüro, die forderte, dem Autor die Staatsbürgerschaft der Sowjetunion zu entziehen und ihn in den Westen zu verbannen. Diese Tage des unerträglichen Drucks nahmen Pasternak stark mit. Seine Gesundheit war ernsthaft angegriffen. Vielleicht begann sich in jener Zeit die Krankheit zu entwickeln, die letztendlich zu seinem Tod führte.

Im Januar 1960, wenige Monate bevor er starb, wurde Pasternak in seiner Datsche in Peredelkino von der Journalistin Olga Andreeva-Carlisle besucht. Dabei handelte es sich wahrscheinlich um eines seiner letzten Gespräche mit Personen aus dem Westen. Die Journalistin teilte ihm mit, dass vor einigen Tagen Camus bei einem Verkehrsunfall ums Leben gekommen war. Pasternak war tief getroffen. Er wusste nichts von dem Vorfall. Camus war in der Sowjetunion nicht übersetzt worden, und die Medien hatten von dem Unfall keine Notiz genommen. Für die sowjetische Macht existierte Camus nicht mehr, buchstäblich.

Boris Pasternak starb am Abend des 30. Mai 1960, soweit man weiß an Lungenkrebs, in kurzem Abstand von dem Mann, der ihm in den letzten Jahren ideell vielleicht am nächsten gestanden hatte.

Auf den Spuren von »Schiwago«

Marie Zábranová ist eine rigorose, in mancher Hinsicht strenge Frau. Ihr fester, scharfer Blick scheint nach der Wahrheit in den Dingen zu suchen, nach dem Sinn von Vergangenheit und Gegenwart. Ihre Erinnerung ist eisern, die Zeit und die Ereignisse sind darin kristallisiert, als müsste sie sie in Erwartung der Zukunft und des Augenblicks bewahren, in dem die Geschichte wirklich ihr Urteil über die Lebenden und die Toten fällen könnte.

Manchmal ist das Erinnern schmerzhaft für sie, der Blick verrät es, aber ihr Gesichtsausdruck ist immer gefasst, ihre Stimme fest. In heiteren Momenten lässt ein herrliches Lächeln begreifen, dass sie Hoffnung und Großzügigkeit, trotz der schwierigen und tragischen Ereignisse, die sie bewältigen musste, niemals verlassen haben. Voller Wärme erzählt sie, wie begeistert ihr Mann schon nach einer teilweisen Lektüre des »Schiwago« gewesen ist. Er hatte entschieden, ihn ins Tschechische zu übersetzen, aber noch wusste er nicht, mit welchen Wechselfällen er und Marie es bei seinem Engagement für dieses Buch zu tun bekommen würden.

1963 war es Zábrana gelungen, einen Mikrofilm vom russischen Text zu erhalten, der sich jedoch nur mit Mühe entziffern ließ, und er hatte begonnen, eher für sich selbst, einen Teil davon zu übersetzen, ohne in jenem Moment an eine Veröffentlichung zu denken. Er hatte die Kapitel »Warykino« und »Epilog« übersetzt, die auf dem Mikrofilm am besten lesbar waren. Er hoffte darauf, an den vollständigen russischen Text zu gelangen, der in der Tschechoslowakei nicht zu finden war. Im Frühjahr 1965 schien sich endlich der ersehnte Türspalt zu öffnen. Seine Ehefrau Marie, die als Redakteurin beim Odeon-Verlag und bei der Zeitschrift Světová literatura arbeitete, war mit der ganzen Redaktion zu einer Kulturreise nach Italien eingeladen worden. Daran sollten auch der Kunsthistoriker Jaromír Neumann, der Künstler Adolf Born und der Cheflektor des Odeon-Verlags selbst, Jan Řezáč, teilnehmen. Die Delegation des Odeon-Verlags, damals der wichtigste tschechische Verlag, würde im Bus reisen, um verschiedene kunsthistorisch interessante Ziele in Norditalien zu besichtigen, und sollte bis nach Florenz gelangen.

Die Reise würde eine einmalige Chance sein, den russischen Text von »Doktor Schiwago« zu erwerben, der ja in Italien bei Feltrinelli herausgegeben worden war. Darüber hinaus würde es endlich die Gelegenheit geben, Fernanda Pivano kennenzulernen, mit der ein Briefkontakt bestand. Allen Ginsberg war in Prag Gast der Zábranas gewesen, und er hatte Pivano einen Brief geschrieben, in dem er ihr seine tschechischen Freunde vorstellte. Ginsberg gehörte zu den von Zábrana übersetzten Autoren, doch nachdem er Prag besucht und die Freundschaft mit Jan gefestigt hatte, wurde er des Landes verwiesen. Treuherzig erklärte er den Polizisten, die ihn zur Grenze eskortierten, dass er dem Herrn Zábrana noch Geld schuldete, und bat sie, es ihm zu geben.

Ende April 1965 also brach Marie, die im Oktober des Vorjahres ein Mädchen, Eva, zur Welt gebracht hatte, mit einer großen Verantwortung im Gepäck auf, wohl wissend, dass sie Risiken einging. Tatsächlich wurde das Komitee von einer Reiseleiterin und Dolmetscherin begleitet, die ganz offensichtlich auch den Auftrag hatte, jedes unorthodoxe Verhalten der Geheimpolizei zu melden. Darüber hinaus konnte man auch nicht sicher sein, dass alle Mitreisenden aufrichtig wären. Marie vermutete, dass andere potenzielle Informanten darunter sein könnten. Bei jedem ihrer Schritte, der die Aktivitäten ihres Mannes betraf, musste sie also versuchen, wirklich allein zu sein, und durfte keinen Zeugen aus der Gruppe haben.

Im Zentrum von Mailand gelang es ihr, Fernanda Pivano zu treffen, die damals in der Via Manzoni wohnte. Sie sprach mit ihr über das Projekt ihres Mannes, erzählte von der Absicht, den »Schiwago« zu übersetzen. Pivano hatte gute Beziehungen zu Feltrinelli und war ohne Weiteres bereit, sich dafür einzusetzen, dass man die Rechte am Buch für die Tschechoslowakei erwarb. Das Treffen war festlich und fruchtbar, und man war sich einig, wie wichtig es wäre, den Roman in möglichst jedem Land bekannt zu machen.

In Venedig traf Marie einen italienischen Professor für russische Literatur, Sergio Molinari, der zu jener Zeit Lehrveranstaltungen an der Universität Prag abhielt und zu dem die Zábranas eine gute Beziehung hatten. Sie trafen sich in der Nähe der Piazza San Marco und unterhielten sich etwa vierzig Minuten lang auf einer Bank sitzend. Aber sie waren von jemandem beobachtet worden, der damit beauftragt worden war, und zwei Monate nach der Rückkehr bestellte die Geheimpolizei Marie ein und stellte ihr detaillierte Fragen über jenes Treffen. In drohendem Ton sagten sie ihr, dass sie den Professor für einen Spion hielten, eine nicht vertrauenswürdige Person. Marie entwaffnete sie, indem sie sagte, dass er in Prag häufig ihr Gast gewesen sei und dass er als Mensch so weit von einem Spion oder einem Geheimagenten entfernt sei, wie man es sich nur vorstellen könne. Angesichts ihrer offensichtlichen Gemütsruhe ließen sie sie ohne Konsequenzen gehen.

Als sie nach Florenz kamen, machte sich Marie an den ersten Schritt ihres Projekts. Sie hatte eine Goldbrosche mitgenommen, ein Geschenk ihres Mannes anlässlich der Geburt ihrer Tochter. Um das Buch kaufen zu können, war es nötig, sie zu opfern. Sie begab sich allein zu einem Goldschmied auf dem Ponte Vecchio und verkaufte das wertvolle Geschenk. Es war eine schwierige Entscheidung und ein trauriger Augenblick. Aber Jans Wunsch nach dem »Schiwago« war wichtiger. Im Austausch gegen jenes so lieb gewonnene Objekt erhielt sie die kostbare italienische Währung, die sie brauchte, um den Band zu kaufen. Tatsächlich verfügte die Reisegruppe, rigoros organisiert, nur in kleinsten Mengen über ausländisches Geld.

Der erste Schritt war getan. Jetzt galt es, ein Exemplar des Buches zu finden, das – in einer fremden Sprache, die nur wenige beherrschten, gedruckt – nicht so verbreitet war. In Bologna endlich fand sich das so umkämpfte Buch. Es erschien Marie unwirklich, jenes Buch in Händen zu halten, auf das man so viele Jahre gewartet hatte. Sie kaufte es ohne Zeugen und versteckte es unter den anderen unverdächtigen Büchern in ihrer Tasche.

Jetzt war es nicht mehr lange hin bis zur Rückreise, und die Freude über das erlangte Ziel mischte sich mit Sorge. Der »Schiwago« war in ihrem Heimatland verboten, und sicher würden die Zollkontrollen streng sein. Jan hatte ihr die Gefahr vor Augen geführt, es konnte zu ernsten Konsequenzen kommen. In dieser Lage hatte sie eine brillante Idee. Da alle Kollegen irgendein Reisesouvenir zu kaufen suchten, entschied sie sich, auch etwas zu besorgen. Mit dem verbliebenen Geld kaufte sie einen Kinderwagen für ihre Tochter, die in Prag geblieben war und dort auf sie wartete. Dieser Wagen sollte ihr trojanisches Pferd sein.

Als der Bus des Odeon-Verlags an die Grenze kam, stiegen die Zollbeamten ein, um das Gepäck genau zu untersuchen. Auf die Bücher warfen sie nur einen zerstreuten Blick, untersuchten aber mit höchster Aufmerksamkeit und großem Pflichtbewusstsein eben den Kinderwagen, indem sie jedes einzelne Teil genau unter die Lupe nahmen. Nachdem sie ihn gründlich kontrolliert hatten, waren sie beruhigt und gingen. Das Buch war in Sicherheit.

Endlich konnte Jan den Roman vollständig lesen und beginnen, ihn zu übersetzen. Über den Verlag Československý Spisovatel kontaktierten sie Feltrinelli mit wertvoller Hilfe von Fernanda Pivano, um die Rechte zu erwerben. Im Mai 1967 wussten sie mit Sicherheit, dass der Roman erscheinen konnte.

Die Zeiten begannen sich zu ändern. Die politische Situation im Land gestaltete sich weniger düster, die Kontrollen und die Zensur wurden immer lockerer, und man näherte sich unbewusst jenem schicksalhaften Jahr 1968, ein Jahr mit großer Freude, großer Freiheit und Hoffnung, in dem alles möglich schien.

Jan hatte trotz des entspannteren Klimas finstere Vorahnungen und versuchte, seine Arbeitsgeschwindigkeit bei der Übersetzung zu beschleunigen. Er verhielt sich, als sei die Zeit, die ihm für diese Arbeit zur Verfügung stand, begrenzt, als würde jeder Tag weitere dunkle Vorzeichen bringen. Seine Anspannung war manchmal greifbar – als würde ihm etwas sagen, dass das Schicksal gegen ihn war.

Ende 1967 war das Buch zu zwei Dritteln übersetzt. Am

1. April 1968, als der Prager Frühling schon in vollem Gange war, wurde der Vertrag mit dem Verleger unterzeichnet. Jan war dabei, eine erste Version der Übersetzung fertigzustellen, war aber nur mit einem Teil zufrieden und machte sich daran, den Text weiter zu überarbeiten.

In jenem Sommer 1968 schien die Freiheit komplett wiedergewonnen, die Prager lebten ihre glückliche Illusion mit unsagbarem Enthusiasmus. Jan spürte die Gefahr und hatte kein Vertrauen in die herrschende Klasse, nicht einmal in jene Männer, die den Frühling ermöglicht hatten.

Seine Vorahnungen erwiesen sich als zutreffend. In der Nacht vom 20. auf den 21. August 1968 marschierten die sowjetischen Truppen, unterstützt von denen der »Bruderländer« des Warschauer Paktes, in die Tschechoslowakei ein. Auch wenn er den glücklichen Ereignissen der letzten Monate tief in seinem Herzen nicht getraut hatte, war es für Jan ein sehr harter Schlag. Jetzt blieb ihm, wie so viele andere Male in seinem Leben, nichts anderes, als das Schlimmste zu erwarten. Als Alexander Dubček aus der »Gefangenschaft« Moskaus zurückkam und zur Nation sprechen musste, wusste man, dass er immer noch ein Gefangener war. Seine Stimme brach, er konnte nicht die geeigneten Worte finden. Für das ganze Land war das der Beweis, dass die Zeit des Träumens vorbei war und dass eine neue, eiserne Gefangenschaft die Nation in ihrem erstickenden Griff hatte.

Alle, die während des Frühlings sich erlaubt hatten, frei zu reden, ihre eigenen Ideen auszudrücken, alles, was nicht lief, zu kritisieren, waren auf einmal verstummt und ohne Meinung, wie zu Zeiten Gottwalds. Die Standardsprache des Regimes, die faden Floskeln, über die während des Frühlings alle gelacht hatten, wurden unversehens wieder gültig. Auf Fragen erhielt man keine Antwort mehr, niemand besaß mehr irgendeine Meinung, die Zuständigkeiten lagen immer bei jemand anderem, die vorgefertigten Formeln wurden rezitiert wie alte Drehbücher. Über die Geister und die Zungen war erneut die Eiszeit der härtesten Jahre herniedergegangen, und jede Zukunft war vom Horizont der Existenz verschwunden.

Jan Zábrana kannte diese Atmosphäre gut. Doch für die Bücher, die er liebte, war die Zeit wieder vorbei. Im Frühling 1968 erschienen einige Ausschnitte des »Schiwago« in seiner Übersetzung in der Zeitschrift My68, und es waren zwei Kapitel des Buches für die Světová literatura in Vorbereitung, illustriert vom großen Künstler Mikuláš Medek. Das Chaos, das auf die Invasion folgte, verursachte eine vorübergehende Unterbrechung der laufenden Projekte. Niemand wusste, wie sich die Dinge entwickeln würden und ob den Tschechen, wenn sich die Situation erst einmal normalisiert hatte, ein bisschen Autonomie zugestanden würde und sie einige der Freiheiten, die sie vor wenigen Monaten errungen hatten, behalten dürften. Die Besatzer merkten, dass das Land militärisch unter Kontrolle war und in dieser Hinsicht nicht mehr reagieren konnte. Aber die Bevölkerung stöhnte unter dem neuen Joch, und um keine eklatanten Proteste zu provozieren, entschieden die Sowjets, die Situation, wie sie vor der Ernennung Dubčeks gewesen war, wiederherzustellen. In fortschrittlicher Weise: entschlossen, aber nicht unvermittelt. Für einige Monate konnten sich noch kleine Fenster der Autonomie öffnen. Unglaublicherweise war es möglich, in der Ausgabe vom November/Dezember 1968 in der Světová literatura die beiden Kapitel des »Schiwago« mit den Illustrationen von Medek zu veröffentlichen.

Mit der Kraft, die ihm noch blieb, und trotz seiner mentalen Niedergeschlagenheit übergab Zábrana am 16. Dezember 1968 die gesamte Übersetzung an den Verleger. Ganz zufrieden war er damit nicht, und in verschiedenen Abschnitten hätte er noch Veränderungen vornehmen wollen, um den Text zu glätten und ihn seinem eigenen Anspruch eines Dichters entsprechend zufriedenstellender zu gestalten. Aber er hatte keine Kraft mehr, die Situation bedrückte ihn. Er war sich im Klaren darüber, dass die Zeit gegen ihn und gegen das Buch arbeitete. Lange Monate hindurch hatte er das Gefühl gehabt, gegen die Zeit anzukämpfen, Ungewissheit und Bedrohungen ausgeliefert, die er vor allen anderen mit untrüglicher, beunruhigender Weitsicht wahrnahm. In der Periode der allgemeinen Euphorie war er der

Einzige gewesen, der sich nicht freuen konnte; als würde ihn ein subtiles Bewusstsein über die bevorstehenden Bedrohungen und die zukünftige Tragödie informieren. Jetzt wusste er, dass er recht gehabt hatte. Und dieses Bewusstsein breitete sich über das Morgen aus, über die getilgte Zukunft, eine schmerzhafte Zukunft, die sich seinem Blick ohne Illusionen finster präsentierte. Inzwischen würde schon das schlichte Überleben eine Errungenschaft sein. In der Stille wartete er darauf, dass der grausame Mechanismus der Geschichte erneut seine Tentakel ausstreckte, seine eisernen Zähne in das weiche, verwundbare Fleisch seines so unglückseligen Landes schlagen würde. Neue Stiefel von neuen barbarischen Herren traten auf der Zivilisation herum, jener Schönheit, jenem wehrlosen Wunder. Die Monate vergingen, und nichts schien sich zu bewegen. Jede Geste, jede Entscheidung, die der Richtung des Frühlings folgte, wurde wie durch Zauber aufgehoben, gelähmt, bald abgeleitet. Alle schwiegen in Erwartung von Schlimmerem, das sich langsam, bürokratisch, stillschweigend bewahrheitete.

Der militärische Zugriff, der am 20. August 1968 an einigen neuralgischen Punkten stattgefunden hatte, vervielfältigte den Einfluss des Militärs in immer kleineren Verästelungen und erstickte so auf zynische Weise jede noch so blasse Initiative.

Schließlich erhielt Jan Zábrana am 11. Mai 1970 wie andere Autoren und Übersetzer eine Mitteilung des Verlags, die besagte: »Der Verlag hat in der politisch-kulturellen Ausrichtung seiner verlegerischen Tätigkeit Änderungen vorgenommen. Alle Verträge sind unter dem Gesichtspunkt ihrer Entsprechung mit den neuen Verpflichtungen, die der Verlag eingegangen ist, geprüft worden. In Übereinstimmung mit dieser Prüfung wurde die Entscheidung getroffen, dass Ihr Werk nicht veröffentlich werden wird.«

Dieser vorgefertigte Brief war ein Grabstein. Die Arbeit von Jahren, die Leidenschaft dessen, der an jenes Projekt geglaubt hatte, wurden im Namen einer verlegerischen Linie geopfert, im Namen der Knechte, die sich überall eingenistet hatten, um neue Befehle von den alten Herren entgegenzunehmen. Kaum waren die Sowjets angekommen, waren die Proskriptionslisten überarbeitet worden, für die Menschen wie für die Bücher. Universitätsprofessoren, Lehrer, hohe Funktionäre, Politiker, Intellektuelle würden sich alsbald in Berufen als Gehilfen, Waldarbeiter, Bergarbeiter, Fahrer, Straßenkehrer wiederfinden. Wichtige Bücher, die schon gedruckt waren, landeten in der Makulatur. Bücher, die den Fortschritt der Zeiten bezeugten, wurden blockiert und unterdrückt. Niemand kannte mehr die Richtung, in die man zielen sollte. Man suchte mit Präzision nur die Werke, die nicht publiziert werden durften, die Ideen, die man nicht bekanntmachen durfte.

Nach Jahren des Dunkels hatte das Schicksal Jan Zábrana einen Spaltbreit Licht gewährt, ein kurzes Intervall der Freiheit. Er hatte sich mit allen seinen Kräften auf diesen Spalt gestürzt, in jenen Raum voller Luft, der so wertvoll war. Und jetzt schloss das Schicksal diesen Spalt aufs Neue, für immer, kurz bevor er seine eigene Arbeit vollenden konnte. Es war vorbei. Und er wusste es.

Jan Zábrana hat niemals erlebt, dass seine Übersetzung des »Schiwago« veröffentlicht wurde.

Die sowjetische Umklammerung der Tschechoslowakei lockerte sich für weitere zwanzig Jahre nicht. Zábrana hatte nicht die Zeit zu warten. Besiegt von der Bitterkeit, dem Schmerz, der Niederlage einer ganzen Generation, von dem ewigen Triumph der Mittelmäßigen und der Schlechteren, starb er am 3. September 1984, als er Opfer eines schnell fortschreitenden Leberkrebses wurde. Er hatte gerade noch die Zeit, seiner geliebten, treuen Marie seine Gedichte, seine Übersetzungen und vor allem das Denkmal seiner Erinnerungen zu hinterlassen: die geheimen Hefte seines Tagebuchs, das er über dreißig Jahre hinweg führte und in dem die Nachkommen die Vergangenheit wiederfinden würden, die Gerechten wie die Verräter, wer gedient hat und wer seinen eigenen Schmerz mit Würde ertragen hat, die eigene Würde ohne Schmach.

Er ist gegangen, aber die Erinnerung ist wertvoller, damit alles, was gewesen ist, nicht umsonst war und damit das Vergessen nicht die Mörder und die Opfer vermischt, die Gedungenen und die Träumer, die Denunzianten und die Unterlegenen.

Marie nahm dieses Geschenk in ihre Hände und engagierte sich, jenen stillen Kampf weiterzuführen, den Jan aufgeben musste. Die Tagebücher, die Gedichte blieben in guten Händen. Man musste nur warten, dass die Geschichte sich an jenes kleine, wertvolle Land erinnerte, das durch Verrat besetzt wurde, zweimal im Laufe des 20. Jahrhunderts, durch zwei mächtige und brutale Nachbarn.

Die Geschichte hat sich an die Tschechoslowakei erinnert. Die unaufhaltsame Schwächung des Imperiums der Invasoren hat zur Samtenen Revolution von 1989 geführt.

Die Zeit von Jan Zábrana war zurück.

1990 konnte Marie Zábranová endlich – mit wertvoller Unterstützung von Jaroslava Dienstbierová – beim Verlag Lidové nakladatelství den »Schiwago« veröffentlichen, in der Übersetzung von Jan Zábrana. Die lange Reise dieses schicksalshaften Buches hatte sich vollendet.

Das Buch hatte sofort Erfolg und übertraf die Erwartungen. Es wird geschätzt, dass von dieser Ausgabe hunderttausend Exemplare verkauft wurden – ein seltener Fall für ein Buch von Qualität. 2003 erschien eine zweite Ausgabe in der Reihe »Klassiker« bei Euromedia Group Odeon und 2005 eine dritte bei Lidové noviny. Auch die tschechischen Leser konnten endlich jenes Buch lesen, das über Jahre von einer trüben Macht verdammt und verfolgt worden war. 1992 erblickte auch »Celý život« (Ein ganzes Leben), das Tagebuch von Jan Zábrana, das Licht der Welt. Tausendeinhundert Seiten Alltagsgeschichte, das Leben in der Tschechoslowakei in den Jahren der Eiszeit. Es war ein weiteres Geschenk, das Jan denjenigen machte, die wie er nicht nachgegeben hatten, und jenen nach ihm, die über die Vergangenheit Bescheid wissen sollten.

Marie hatte seine Aufgabe zu Ende gebracht. Die Erinnerung an Jan würde überleben.

Ein Verdacht

Eines Abends gegen zehn Uhr klingelte das Telefon. Ich nahm ab. Es war mein erster Gesprächspartner, der Mann für jede Saison.

»Guten Abend«, sagte er zu mir. »Wie geht's?«

»Ganz gut«, sagte ich. »Ich habe keine große Hilfe von Ihren Bekannten erhalten.«

»Vielleicht ist es nicht möglich gewesen, mehr für Sie zu tun. Vielleicht wäre es nicht richtig gewesen. Wahrscheinlich waren wir niemals in diese Sachen eingebunden ... Jedenfalls wäre es nicht richtig, die Nase in anderer Leute Angelegenheiten zu stecken.«

»Ich verstehe. Und doch sehe ich, dass Sie mich nicht vergessen haben.«

»Sicher. Sie sind eine aktive Person. Intelligent. Sind Sie mit Ihren Recherchen weitergekommen, unabhängig von unseren Informationen?«

»Im Augenblick nicht. Ich versuche noch, die Dinge besser zu verstehen. Aber die Zeit verfliegt. Alles verblasst und verschwindet schnell.«

»Die Toten können nicht reden, und die Lebenden ziehen es häufig vor zu vergessen ... Die Angst ist stärker als die Wahrheit. Haben Sie das noch nicht bemerkt?«

»Die Angst und das Interesse, sicher, sie sind häufig stärker, aber die Wahrheit hat eine unvorhersehbare Sogkraft, die manchmal an Orten oder bei unverdächtigen Personen auftaucht – aus mysteriösen Gründen. Ich erwarte vielleicht, dass etwas in der Art ans Licht kommt, dass ein übersehener oder verschwundener Beweis wiederauftaucht ... Alles ist möglich.«

»Ich verstehe Ihre Hartnäckigkeit. Aber ich halte es für unwahrscheinlich, dass gewisse Dinge wieder an die Oberfläche gelangen. Das passt niemandem, und das ist ein wichtiger Faktor. Wissen Sie, was ich Ihnen sage? Ich habe mir so meine Gedanken gemacht, während ich die Elemente betrachtet habe, die Sie mir zur Verfügung gestellt haben ... Ich bin überzeugt, dass – wenn die Dinge sich so abgespielt haben, wie Sie vermuten, und ein Eingriff von außen den Unfall herbeigeführt hat – es mir schwerfällt zu glauben, dass das alles ohne das Wissen der Geheimdienste vor Ort organisiert worden ist. Es scheint seltsam, diesen Gedanken zu haben, doch diese Operationen bedienen sich immer einer Deckung, Autorisierungen ... Sehen Sie, die fragliche Person war ein unbequemer Intellektueller, sehr hinderlich für fast alle politischen Richtungen. Er war ein Spielverderber, ein fähiger Mann, der die öffentliche Meinung beeinflussen konnte. Er nervte viele, auch innenpolitisch, und wenn man vielen auf die Nerven geht, kommt einem im Notfall keiner zu Hilfe. Und niemand schaut hin, wenn einem etwas passiert. Vielleicht ist es so gewesen. Anderen Kräften kam es vielleicht gelegen, dass diese sperrige Figur aus dem Spiel genommen wurde ... Und wenn sich eine ausländische Macht angeboten hat, die Aufgabe zu erfüllen, hat man ihr den nötigen Raum dazu gelassen. Man hat weggesehen. Man weiß Bescheid, aber man schreitet nicht ein. So passiert es eben. Weil die Situation allen in den Kram passte.

Ist Ihrer Erkenntnis nach eine ernsthafte und tiefergehende Untersuchung des Unfalls erfolgt? Oder hat man sich vielleicht mit der oberflächlichen Beweislage abgefunden? Ein Verkehrsunfall eignet sich für solche Fälle bestens. Erinnern Sie sich an Bulgarien 1973? Die Geheimdienste versuchten, den Sekretär der Kommunistischen Partei Italiens (PCI) Berlinguer zu eliminieren – mit dem typischsten Verkehrsunfall, den es überhaupt gibt: Ein Lkw, der die Kontrolle verloren hat, kracht in das Auto der Zielperson. Sicher, die Situation war eine andere, und die Kontrolle über das Territorium lag vollständig bei dem, der die Operation durchführte. Allen in der italienischen Delegation war klar, dass das Geschehene Absicht war. Jedoch verschwand der Lkw-Fahrer sofort, und es fand keine Untersuchung statt.

Auch im Fall Camus hat niemand versucht herauszubekommen, was eigentlich passiert ist. Ich möchte niemanden anklagen, aber ich sehe eine Kohärenz der Ereignisse, die mich Schlechtes denken lässt: das absurde Schicksal, der Verkehrsunfall, die scheinbar unerklärlichen Ursachen auf einer graden Straße bei Tageslicht, das Fehlen einer Untersuchung, die diesen Namen verdient hätte.

Auch Sie werden es merken, wenn Sie versuchen, diese Geschichte zu verbreiten: Sie werden auf viele Schwierigkeiten stoßen, vor allem dort, wo Sie Ausländer sind und gewisse Themen ein inländisches Monopol darstellen. Und weil manche alten Geschichten wieder aufzuwärmen Ärger, Probleme, Ungemach verursacht. Besser, Sie halten sich an die offizielle bequeme Version, die von der Zeit, von der Gewohnheit und der Zweckdienlichkeit bekräftigt wurde. Sie werden kein einfaches Leben haben, das werden Sie schon sehen. Aber ich möchte Sie nicht pessimistisch stimmen … Im Grunde kommt immer wieder irgendetwas ans Licht: Manchmal erscheinen die Leichen wieder an der Oberfläche, die Maschen der Realität erweitern sich auf unerklärliche Weise, die Vergangenheit taucht unerwartet an Orten und zu Zeitpunkten auf, die niemand vorhergesehen hätte. Also, verzweifeln Sie nicht – vielleicht haben Sie recht. Irgendetwas wird auftauchen, um Ihre Idee zu bestätigen.

Versuchen Sie nur, nicht diejenigen allzu sehr zu stören, die Ihnen schaden könnten. Wie Sie wissen, ist das Leben voller kleiner unvorhersehbarer Unfälle, die sich als fatal erweisen können und die häufig demjenigen geschehen – wer weiß, warum –, dem sie geschehen mussten. Sie wissen das ja … Also nutzen Sie Ihre Unabhängigkeit nicht allzu sehr aus.

Wenn Sie etwas finden, wäre ich Ihnen dankbar, mich auf dem Laufenden zu halten. Ich grüße Sie. Quälen Sie sich nicht mit der Vergangenheit – es ist die Gegenwart, vor der wir uns in Acht nehmen müssen.«

Die Wahrheit über den Fall Imre Nagy

Am 16. Juni 1958 wurde der ungarische Premierminister Imre Nagy, der auf ein unabhängiges Ungarn gehofft und sich daher den Sowjets widersetzt hatte, zusammen mit dem General Pál Maléter und dem Journalisten Miklós Gimes nach einem Prozess, der das Recht verlachte und dessen Urteil von Moskau diktiert worden war, hingerichtet. In der ganzen Welt verbreitete sich eine ohnmächtige Empörung. In Frankreich untersuchte eine Gruppe von Redakteuren die Fakten, Dokumente und Beweise, um zu zeigen, welchem »legalen« Meuchelmord Imre Nagy zum Opfer gefallen war. So entstand das Buch »La verité sur l'affaire Nagy«, das beabsichtigte, die tatsächlichen Fakten festzustellen. Albert Camus schrieb ein denkwürdiges Vorwort, das die Mörder und Invasoren Ungarns streng verurteilte.

Der Text wurde anschließend auch in der Nummer 20 der libertären Zeitschrift Témoins veröffentlicht. Hier sind Camus' Worte, die mit ihrer heftigen Verurteilung die Sowjets sicherlich weiter aufgebracht haben:

»Ein korrekter und notwendiger Akt« – so bezeichnete Gomułka im vergangenen Mai das Eingreifen der sowjetischen Truppen in Ungarn. Der liebe Gott – ich will natürlich sagen, die Geschichte – wird dem polnischen Regierungschef vielleicht das Wort »notwendig« verzeihen, in Anbetracht der historischen Notwendigkeit, in der sein Land lebt. Die Dialektik der Roten Armee hält es nämlich fest umklammert. Aber das Wort »korrekt« war weniger notwendig. Der einfachen Tatsachenfeststellung fügt er so ein Werturteil hinzu und damit eine Komplizenschaft, die das Risiko in sich trägt, sich noch auszuweiten. In der Tat ließen einen Monat später die russischen Herren, im Gefühl der Stärke ob dieses guten Zeugnisses, den einzigen legalen Regierungschef Ungarns und drei seiner Freunde ganz

korrekt aufhängen. Und von all dem Redeschwall, den ein marxistischer Politiker wie Gomułka notwendigerweise loslässt, läuft nur ein kleines Wort, unmöglich zu verdauen, nunmehr Gefahr zu überleben, zum Unglück für sein Andenken.

Was das Korrektsein angeht, beweist dieses Buch, dass es in Ungarn rund um Imre Nagy Eidbruch, Verrat, Missachtung des internationalen Rechts, Verletzung der diplomatischen Immunität und der Parlamentarier, Entführungen und Morde gegeben hat. […] Wir befinden uns inmitten puritanischer Leute, die nicht aus einer Laune töten noch aus Phantasie, sondern aus Notwendigkeit, einer historischen natürlich, um Tito etwas zum Überlegen zu geben. […]

Man hat sie also aus Notwendigkeit verurteilt, Nagy und die anderen, mal eben auf die Schnelle, vielleicht in Russland, vielleicht in Ungarn oder Peking, man weiß nicht so recht, es ist ja auch egal, man ist Internationalist, auf jeden Fall eilig, man hält den Fortschritt nicht auf, dann, ohne Zeit zu verlieren – her mit dem Strick –, hat man sie umgebracht. Man hat sie dann schnell im Sinn der Geschichte begraben und den Grabstein vorbereitet. Das bedeutet fünf hübsche Akten, um diese kläglichen Gräber zu schmücken und der Sache einen historischen Grund zu verleihen.

Wohlbemerkt, dieses Unschuldstraktat nennt sich »Weißbuch« – weiß wie der Wolf. Kurz, es ist eine Anklageschrift. Der Bequemlichkeit halber ist es einfach erst nach der Hinrichtung vorgebracht worden. Im historischen Universum besitzt man die Neigung zu Treppenwitzen. Der Vorteil ist, dass der Ankläger schon gleich gewonnen hat. Schon bevor er überhaupt begonnen hat, hat man ihm recht gegeben und dem Angeklagten das Genick gebrochen.

In jedem Fall sind die Umstände, wie sie sind. Und das bedeutet, dass – da die Angeklagten sich nicht selbst verteidigen konnten (man hat ihnen das Recht gegeben, ihre Anwälte frei zu wählen, allerdings aus einer Liste braver Untertanen, die der Justizminister bestimmt hat) und man den Henker bestellt hat, bevor überhaupt die Anklageschrift veröffentlicht wurde –

jetzt hier nichts anderes übrig bleibt, als die Verteidigungsrede nach ihrer Hinrichtung vorzutragen.

»Wozu es tun?«, wird man sagen. Ja, in der Tat, warum? Die Geschichte ist doch klar, es gibt keine Möglichkeit des Irrtums: Nagy ist ermordet, nicht verurteilt worden. Alle wissen es, einschließlich der Richter. Es bleibt nur noch, die Angelegenheit zu den Akten zu legen. Schließlich ändert das nichts an den Kräfteverhältnissen oder an den Positionen. Zum Beispiel hat sich im Oktober 1956 die Welt in Empörung erhoben. Mittlerweile hat sich die Welt sichtlich beruhigt. Im Oktober 1956 hat sich die UNO erbost gezeigt. Sie hat sogar der Regierung Kádár mehrere überdeutliche Anweisungen erteilt. Die genannte Regierung hat ihr diese Aufforderungen um die Ohren gehauen. »Perfekt«, hat da die UNO gesagt. Und seither sitzt der Repräsentant der Regierung Kádár in New York, wo er regelmäßig die vom Westen unterdrückten Völker verteidigt. Es kommt noch besser. Im Oktober 1956 haben in Paris selbst Leute, die normalerweise für die sowjetische Seite stets die Rührung in den Augen hatten, wie man sie für ein liebes und etwas lebhaftes Kind hat, dennoch gegen die Mongolen in Budapest demonstriert. Selbst ich, mit dreiundvierzig Jahren immer noch naiv, empfand Wärme und Dankbarkeit angesichts der Anstrengung, die sie machen mussten, um sich zur Wahrheit zu bekennen. Aber gut. Drei Monate später haben wir in Paris einen Abgeordneten einfach so, aus Routine gewählt, und dieselben Leute gaben ihre Positionen zugunsten eines Kommunisten auf, der natürlich bei der Niederschlagung des Aufstandes in Ungarn applaudiert hatte.

Sie haben ihre Positionen übrigens schweren Herzens aufgegeben. »Ihr wart böse zu Ungarn«, sagten sie, »ihr seid schlecht erzogen. Daher geben wir euch unsere Stimmen mit großer Traurigkeit und auch erst beim zweiten Wahlgang.« Anschließend verflüchtigte sich die Traurigkeit ein wenig, aber man ist immer noch für die Einigkeit beim Begehen von Schurkentaten. Wenn also, ganz freimütig, die Welt, die UNO, unsere Intelligenz, die nicht die Ausreden von Gomułka haben, es geschafft haben, die Toten von Budapest so gut zu verdauen, warum sollten sich dann die anderen, die »Historischen«, mit Nagy schwertun oder in Zukunft Manschetten haben? »Das Gesetz«, hat die UNO zusammenfassend gesagt, »ist nur für die verpflichtend, die es respektieren. Für die anderen ist es fakultativ.« – »Das passt uns«, haben die Fans des Historischen gesagt, »denn jetzt gerade respektieren wir es nicht.« – »Korrekt«, hat Gomułka geschlossen. Man hat ihnen also grünes Licht gegeben. Und sie haben nicht gezögert, gleich wieder loszufahren, mit einem Gefängniswagen natürlich.

Wozu ist es seither gut, Beweise vorzulegen? Jenen, denen bei den Ereignissen im Oktober kein Licht aufgegangen ist, wird nie ein Licht aufgehen, es sei denn, eines Tages – aber nicht einmal das ist sicher – wird sie das Martyrium ihres eigenen Landes erleuchten. Sie können ja lesen, und das reicht schon, um zu erkennen, dass die Anklageschrift von Budapest keinen Bestand hat. Es verursacht fast Mitleid mit den Redakteuren, auf den folgenden Seiten ihre langen Bemühungen zu lesen, die sie unternehmen, um offensichtlichen Unsinn zu widerlegen. Wenn man liest, dass Nagy angeklagt wurde »die legalen Möglichkeiten missbraucht zu haben«, sagt man sich, dass [Alfred] Jarry der Bessere gewesen wäre, um über diese grausame und trübe Geschichte zu sprechen. Die Abscheu macht auf gefährliche Weise der Empörung den Platz streitig. Eine Abscheu, dass man ausspucken möchte vor diesen abstoßenden Komödien, vor diesen mittelmäßigen Gestalten, die sich mittels ihrer Morde wichtigmachen, vor dieser gewaltigen Lüge, die wir gegen unseren Willen auch noch verstärken, indem wir sie diskutieren und bekämpfen, vor diesem monströsen System, das dahin gelangt ist, den Sozialismus lächerlich zu machen und den Humanismus zu entehren, und das uns von diesen Tugenden auf ewig entfernt – das ist sicher –, ja, man möchte ausspucken wie vor einem Teller, auf dem die Soße zu arg nach Blut schmeckt.

Ja wirklich. Warum es tun?

Alle wissen, dass Nagy unschuldig war, und Kádár vorneweg – er war schließlich sein Minister und schwor, dass ihm nichts passieren würde. Die Autoren des Weißbuchs selbst wis-

sen, dass ihr Plädoyer idiotisch ist und dass die Angeklagten aus chinesischen oder jugoslawischen Gründen ermordet worden sind, dialektischen in jedem Fall, schließlich macht die Dialektik so manchen Knoten.

Wenn diese Schlauberger ihren großen Roman veröffentlicht haben, dann bilden sie sich nichts als Autoren ein, es geht nur um die Wahrung der Form und darum, dass man sich in einer Gesellschaft, mag sie auch international sein, nicht mit einer Visitenkarte mit der naiven Angabe »Mörder« blicken lassen kann. Am Ende ist das Weißbuch eine Art schlichte, wenig raffinierte Höflichkeit, von der niemand beeindruckt ist. Wozu es beim Wort nehmen und sich die große Mühe machen, es zu widerlegen, angesichts einer Welt, die nur damit beschäftigt ist, auf den Mond zu fliegen oder royale Hoheiten zu heiraten?

Na gut. Vielleicht vor allem, weil man diese Leute nicht einfach so weiterlügen lassen kann, über Jahre. Sicher, niemand glaubt ihnen. Aber der Mensch ist ein empfindliches Wesen, das schnell müde wird. In einem Moment der Faulheit oder der Schwäche wird jemand irgendwo auf der Welt sagen: »Warum nicht?« An jenem Tag würden die Gehenkten ein zweites Mal hingerichtet. Und über kurz oder lang, durch Ermüdung und Vergessen, würde die allgemein verbreitete Lüge die Gestalt von Wahrheit annehmen, man würde sich davon überzeugen lassen, dass die Freiheit nur im Schatten der Galgen wachsen kann, dass es keine andere Gleichheit gibt als die der Knechte und dass es den Anklägern überlassen bleibt zu definieren, was der gute Sozialismus ist.

Das ist der Grund, weshalb es angesichts der Anklageschrift von Budapest nötig ist, ruhig und präzise die Wahrheit wiederherzustellen. Dieses Buch berichtigt so alle Phrasen aus der Anklageschrift mit der nötigen Objektivität und Unaufgeregtheit. Und es unterbricht an dieser Stelle die Infektionskette der Lüge.

Weiter muss man anerkennen, dass das Argument »Offen gesagt, warum sollten sie sich das zu Herzen nehmen?« ein doppeltes Schwert ist. Wenn Laschheit oder Komplizenschaft der

Welt den Mördern geholfen haben, freie Hand zu haben, dann muss man das Unmögliche tun, dass sie sich das nächste Mal auch nur ein wenig behindert fühlen. Auch heute noch erwarten Menschen in ungarischen Gefängnissen das Schlimmste, und wir müssen sie vor ihren Schlächtern verteidigen, soweit es möglich ist. Lassen wir unter diesem Aspekt nicht zu, nicht einmal oberflächlich, dass Leute glauben, die Erhängung von Nagy und seinen Freunden sei korrekt gewesen. Sie ist ein abscheuliches Verbrechen gewesen, an das sich auch noch die Vergesslichsten erinnern müssen. Den Abscheu, der uns erfüllt, können wir nun in den Dienst einer gewissen Hartnäckigkeit stellen. Angesichts der ungarischen Tragödie befanden und befinden wir uns in einer Art Ohnmacht. Aber diese Ohnmacht ist nicht vollkommen. Die Zurückweisung der vollendeten Tatsachen, der Warnruf im Herzen und im Geist, die Entscheidung, der Lüge die Staatsbürgerschaft zu nehmen, der Wille, die Unschuld nicht im Stich zu lassen, selbst wenn sie erwürgt worden ist, das sind die Regeln einer möglichen Aktion. Ungenügend, ohne Zweifel, aber auf ihre Weise notwendig, von einer Notwendigkeit, die auf eine andere antwortet, auf die schändliche »Notwendigkeit«, die man »historisch« nennt, ja immer antworten wird, die ihr die Stirn bietet, die sie auf jeden Fall manchmal neutralisiert, die sie auf lange Sicht hin zerstört und die dann die wirkliche Geschichte der Menschen unmerklich nach vorne bringt.

Dieses Buch, das getreulich die Verteidigung der Unschuldigen vorbringt, die schon lange hingerichtet worden sind, antwortet auf diese stets lebendige Notwendigkeit.

Ein friedlicher Libertärer

Es gibt einen Satz im Theaterstück »Die Gerechten«, der uns etwas über das Denken von Albert Camus enthüllt. Der Protagonist ruft: »Ich liebe die Schönheit, das Glück. Und deswegen hasse ich den Despotismus. Wie soll man es ihnen erklären? Die Revolution, sicher. Aber die Revolution für das Leben, um dem Leben eine Chance zu geben, verstehst du?«

Man hat viele Einordnungen vorgenommen, um Camus zu fassen. Ein neues Werk von Michel Onfray bietet eine durchdringende Analyse seines Denkens und seines Werks, das auf seinem Weg im Jahr 1951, als »L'homme révolté« veröffentlicht wurde, zum Bruch mit Jean-Paul Sartre und der ganzen französischen Intelligenzia führte, die ihm folgte und sich auf stalinistische Positionen festgelegt hatte.

Die Zeit hat für die Verteidigung Camus' gearbeitet. Wie Onfray bemerkt, erscheinen seine Ehrlichkeit und seine Transparenz heute glasklar – genauso wie sein Mut –, während einem über den Zynismus, die Skrupellosigkeit und das gesamte System des kulturellen Machtapparates à la Sartre mittlerweile umfassend die Augen geöffnet wurden. Es ist jedoch klar, dass über lange Jahre der Bann, den Sartre über Camus ausgesprochen hat, und das langsame, aber konstante Zersetzungswerk, das dessen Epigonen und Schüler bewirkt haben, ständig darauf aus, die Figur und das Werk Camus' kleinzureden und zu verunglimpfen, auf Camus' Wertschätzung lasteten.

Er schrieb in einem seiner »Carnets« 1953: »Ich verlange nur eine Sache, und ich verlange sie in aller Bescheidenheit, auch wenn ich weiß, dass es eine riesige Forderung ist: dass ich mit Aufmerksamkeit gelesen werde.«

Und dank der Unaufmerksamkeit oder der »interessierten« Lektüre seiner Werke und seines gesellschaftlichen Engagements wurde Camus lange für einen blassen Sozialdemokraten gehalten, weil er zu verschiedenen Fragen keine extremistischen oder maximalistischen Positionen eingenommen hat, die den Revolutionären, die in den Cafés von Saint-Germain und in den Massenmedien zusammenfinden und immer auf volltönende und definitive Proklamationen aus sind, so gefallen. In Wirklichkeit sympathisierte Camus immer mit den Positionen der libertären und anarchistischen Presse, mit der er ununterbrochen zusammengearbeitet hat und wo er sich wirklich wohlfühlte. Er schrieb für La Révolution prolétarienne und Témoins. La Révolution prolétarienne stand dem revolutionären Syndikalismus nahe, und ihr Programm, verbunden mit dem Motto der Ersten Internationalen, besagte: »Die Emanzipation der Arbeiter wird ausschließlich das Werk der Arbeiter selbst sein.«

Camus ist in seiner Jugend Mitglied der Kommunistischen Partei gewesen. Er ist der Partei im Herbst 1935 in Algerien beigetreten und blieb dort bis zum November 1937, als er wegen seines selbstständigen Denkens und seiner wenig orthodoxen Positionen, die man für »islamisch-nationalistisch« und damit für unvereinbar mit der neuen Parteilinie hielt, ausgeschlossen wurde.

Die Algerische Kommunistische Partei (PCA) hing damals von der Kommunistischen Partei Frankreichs (PCF) ab, und in der schwierigen Situation, die auf den Sturz des Front populaire in Frankreich folgte, riefen die Anweisungen aus Moskau einen erheblichen Kurswechsel bei der PCF hervor, die den eigenen Antikolonialismus und Antimilitarismus zur Seite schob, um Frankreich nicht zu schwächen. Derselbe brutale Richtungswechsel wurde der PCA verordnet, was eine starke Desorientierung unter den Aktivisten und eine Distanzierung der Kommunistischen Partei von der Muslimfront, der Étoile nord-africaine (ENA), bewirkte – ein Vorgang, der eine sehr missverständliche Situation und das anschließende Aufeinanderprallen mit den früheren Weggefährten zur Folge hatte.

Tatsächlich hatte sich Camus wie viele junge Menschen der Linken der Partei angeschlossen, um sich gegen die faschistische Gefahr jener Jahre zu stellen, ohne jedoch Marxist zu sein oder überhaupt die Werke von Marx besonders gut zu kennen. Seine intellektuelle Freiheit, sein Verständnis für die Anliegen der Muslime und seine Gradlinigkeit angesichts der Wendemanöver der Parteilinie zusammen mit der daraus folgenden Loyalität gegenüber den alten Genossen der ENA erlaubten ihm einfach nicht, in der PCA zu bleiben.

Wir könnten Camus als friedliebenden Libertären bezeichnen, einen sonnigen Anarchisten, sicher nahe am freiheitlichen pragmatischen Sozialismus zur Verteidigung der Arbeiter, ein revolutionärer Gewerkschafter à la Pelloutier, der schon 1895 die Identität des Syndikalismus und des Anarchismus behauptet hatte. Seine Vision von der Welt ist, wie Onfray bemerkt, mit den leuchtenden Kräften des Lebens verbunden, mit der konkreten Gesellschaft und dem altruistischen Individualismus, mit dem Licht des Mittelmeerraums. Die russischen Bolschewisten und Nihilisten, die slawischen Terroristen, die hegelianischen Konzepte, die totalitären Staatsprojekte konnten ihm nicht ferner liegen.

In seinem Himmel, so Onfray ganz richtig, stand Tipasa Berlin gegenüber, Plotin Sade, Proudhon Marx, Pelloutier Lenin, die Kommune von Paris den Lagern in Sibirien. In seiner Vision ist der Anarchismus eine ethische Ausrichtung hin zu sozialer Gerechtigkeit und ihrer Verwirklichung in Taten, im konkreten Leben, eine positive Anarchie, die sich am Menschen und an der Conditio humana orientiert. Der Edelmut seines Herzens und seines Blicks auf die Realität erlaubte niemals, barbarische und blutrünstige Methoden für humanistische Zwecke zu rechtfertigen.

Bei Camus heiligt das Ziel niemals die Mittel; seine Revolte ist eine Revolte für das Leben, sein Blick, der jede Herrschaft ablehnt, ist dem von La Boétie ähnlich, der schrieb: »Seid entschlossen, nicht zu dienen, und ihr seid frei.«

Man darf nicht vergessen, dass das Konzept der Revolte bei Camus eine doppelte Bedeutung hat: die metaphysische Revolte gegen die Conditio humana, die dem Schlechten und dem Schmerz unterworfen ist (daher sein Satz »Auch in einer perfekten Gesellschaft werden Kinder ungerechterweise sterben«), und die politische Revolte gegen Gott und die Menschen. Seine Revolte ist substanziell und permanent: »Es geht darum, unversöhnt und nicht mit vollem Einverständnis zu sterben.«

Onfrays Recherchen zufolge, die sich auf den Text »La pensée politique d'Albert Camus« von Marin Progreso aus dem Jahr 1967 beziehen, scheint es, als habe Camus am Anfang der fünfziger Jahre das libertäre sozialistische Manifest von Gaston Laval gelesen und für sich entdeckt, mit dem er nach der Veröffentlichung von »L'homme révolté« einen kurzen Streit hatte, der schnell beigelegt wurde.

Der Text ist tatsächlich in Camus' Unterlagen gefunden worden, und sein Ton passt gut zur Sicht auf die Dinge, wie wir sie bei Albert Camus finden. In dem Text wird zu einer libertären Ethik eingeladen; man glaubt im Gegensatz zu den Marxisten nicht an den Primat der Ökonomie oder an die Schaffung des neuen Menschen durch die Änderungen der Produktionsbedingungen (im Gegenteil: Es ist ein neuer Mensch, der die Produktionstechniken ändern wird). Die Revolution ist erst moralisch, dann ökonomisch; neue Werte und eine transformierte Humanität könnten erlauben, den Reichtum anders zu verteilen.

Die Menschen, die eine neue Gesellschaft erschaffen wollen, müssen moralisch denen überlegen sein, die sie besiegen wollen – in diesem Punkt hören wir Camus' ideelle Zustimmung besonders heraus. In einer Welt ohne Moral appelliert man an Tugenden wie Gerechtigkeit, Brüderlichkeit, Ehrlichkeit, Loyalität, Aufrichtigkeit, Würde, Solidarität und Altruismus. Der Marxismus sollte dem Sozialismus, der vor ihm existierte, mit seiner materialistischen Reduktion und seiner Verachtung für das menschliche Gewissen einen irreparablen Schaden zufügen. Hier hallen die moralischen Ansprüche wider, die Camus bei seinen Kämpfen für eine gerechte Gesellschaft und einen ethischen, menschlichen und nicht nur ökonomischen Fortschritt immer inspiriert haben.

Wie Onfray anmerkt, ist die Nähe zu den Ideen von Gramsci

bemerkenswert, nach dem eine soziale Revolution zuvor eine Revolution des Gewissens erfordert, und es ist das Terrain der Ideen und der Kultur, auf dem sich dann die soziale Revolution anschließt, ermöglicht nur durch eine tiefgehende kulturelle Entwicklungsarbeit.

Ferner ist es wichtig, die Nähe von Camus zu dem Denken von Simone Weil zu bemerken und seine überaus große Wertschätzung für sie. In seiner Arbeit als Lektor bei Gallimard hat er sieben Werke von Weil betreut, von »L'enracinement« und »La condition ouvrière« bis zu »Oppression et liberté« und den »Écrits de Londres«, und er hat sich mit den »Écrits historiques et politiques« befasst, die 1960 bei Gallimard herauskommen sollten, kurz nach Camus' Tod.

Roger Quilliot schrieb: »Die Sympathie, die er für Simone Weil empfand, und ihr Werk haben zweifellos dazu beigetragen, dass Camus sich den Kreisen des revolutionären Syndikalismus angeschlossen hat, in denen sie lange zu Hause war und wo er dasselbe unnachgiebige Feuer wiederfand.«

Lou Marin, der es ermöglicht hat, den Libertären Camus in vollem Licht zu betrachten, bemerkt, wie viel Camus Simone Weil schuldete und dass er sie, die es geschafft hatte, ihr persönliches Leben gänzlich dem Kampf in der libertären Bewegung zu opfern, zutiefst bewunderte. In einem Brief von 1951 an Weils Mutter schreibt Camus: »Simone Weil, das weiß ich jetzt, ist der einzige große Geist unserer Zeit, und ich wünsche mir, dass diejenigen, die das anerkennen, daraus genügend Bescheidenheit ableiten, um nicht zu versuchen, sich dieses beunruhigende Zeugnis anzueignen. Was mich betrifft, wäre ich zufrieden, wenn ich sagen könnte, dass ich in meiner Position und mit den schwachen Mitteln, über die ich verfüge, in der Lage war, ihr Werk, dessen wahre Bedeutung noch nicht erkannt worden ist, bekannt zu machen und zu verbreiten.« Er schrieb über sie, dass sie im Leben nicht versucht hat, etwas zu erlangen, aber dass sie die »Einsamkeit der Vorläufer, voller Hoffnung, besaß«. Und weiter: »Es scheint mir nicht möglich, mir eine Wiedergeburt für Europa vorzustellen, die nicht den Anforderungen

Rechnung trägt, die Simone Weil in ›L'enracinement‹ definiert hat.«

In beiden, Weil und Camus, erkennt man denselben, unersättlichen Hunger nach Gerechtigkeit und Wahrheit, unfähig, sich den Bequemlichkeiten zu beugen. »Wenn eine Gesellschaft unwiderstehlich der Lüge entgegenrennt, ist der einzige Trost eines aufrechten Herzens der, die Privilegien zurückzuweisen«, so Camus über Simone Weil.

Marin unterstreicht auch den Einfluss, den die Anarchistin Rirette Maîtrejean auf Camus hatte, mit der er sich häufig traf. Nachdem sie sich in Paris kennengelernt hatten, flohen sie im selben Auto vor der deutschen Invasion 1940. Sie sahen sich fast täglich über drei Monate in Clermont-Ferrand, um sich dann, wenn auch weniger häufig, in Lyon bis Ende 1940 wiederzusehen. Maîtrejean erzählt: »Wir waren immer zusammen.« Sie soll es gewesen sein, die ihn über den langen Kampf informierte, um Victor Serge aus den sowjetischen Gefängnissen zu befreien, und die ihn über die fürchterliche Zeit der Stalin'schen Prozesse in Kenntnis setzte. Der Altersunterschied zwischen ihnen war beträchtlich, sie dreiundfünfzig, Camus siebenundzwanzig, und es ist nicht möglich, heute festzustellen, in welchem Ausmaß Rirette Maîtrejean Camus für die anarchistische Sache »erobern« konnte. Es ist jedoch unbezweifelbar die Persönlichkeit seiner Freundin und Gesprächspartnerin gewesen, die den jungen Albert letztlich an die libertäre Sichtweise der Realität heranbrachte.

Camus' ununterbrochener Kampf gegen Ungerechtigkeit, Unterdrückung, gegen die spanische faschistische Diktatur, gegen die sowjetische Invasion in Ungarn, sein Engagement für den Menschen, gegen jeden Missbrauch hatte stets etwas von Don Quijote. Nicht umsonst war der Ritter der traurigen Gestalt einer seiner idealen Helden. Am 23. Oktober 1955 erinnerte er in einem Vortrag an der Sorbonne an die Veröffentlichung des Buches von Cervantes vor dreihundertfünfzig Jahren. Der Text des Beitrags erschien am 12. November in Le Monde libertaire mit dem Titel »L'Espagne et le donquichottisme« (Spanien und der Donquijotismus). Die Ehre, die Freiheit, die Verteidigung der Schwachen, der Verachteten und der Verfolgten, die Nächstenliebe und zugleich die Rebellion gegen den ungerechten Zustand der Dinge machen aus Don Quijote einen idealen Weggefährten für Camus – ein Beispiel für einen unzähmbaren Kampf, auch gegen die Gewissheit der Niederlage, um niemals vor der sozialen oder metaphysischen Ungleichheit in der Welt zurückzuweichen.

COMBAT

LE JOURNAL DE PARIS

ÉDITION SPÉCIALE

ALBERT CAMUS EST MORT

Une conscience contre le chaos

L'Étranger

Comprendre son époque

Directeur de «Combat»

Prix Nobel

Alain BOSQUET.

LE MEILLEUR DES NOTRES

Maurice CLAVEL.

Combat

LA RÉSISTANCE ?

LA PRESSE DE TRAHISON

Die Titelseite der Tageszeitung Combat vom 5. Januar 1960 mit der Nachricht von Albert Camus' Tod.

Abschied

Albert Camus ist von uns gegangen. Vor wie vielen Jahren, hat kein Gewicht. Seine Stimme ist lebendig, hartnäckig, sein Wort unzerstörbar wie die Werte, für die er gekämpft hat und für die er vielleicht gefallen ist.

Wie oft wäre seine Stimme in den kommenden Jahren, die wir durchlebten, für Frankreich, für die Welt kostbar und notwendig gewesen.

Die französischen 68er wären mit seiner Präsenz nicht dieselben gewesen. Die jungen Rebellen und die Mächtigen hätten sich an der Festigkeit seines Wortes, seiner Sichtweise messen lassen müssen. Der Sieg Mitterrands und der Linken 1981 – wie anders wären ihre Gewissenhaftigkeit und ihr moralischer Kompass gewesen mit seinem Urteil, ohne leichtfertiges Nachgeben und bequeme Kompromisse.

Eine ganze Epoche ist ohne seine Stimme vorübergezogen, wie in Italien, einem Land, das den Klientelbeziehungen, der bedingten Souveränität, der Herrschaft des Handels und einem Fernsehimperium ausgeliefert wurde, die Stimme Pasolinis gefehlt hat.

Seit Camus' Zeiten ist die Macht der Medien in beunruhigender Weise immer stärker angewachsen. Die Entwicklung dieses Netzes hat es erlaubt, über die Bürger eine erdrückende Masse von Informationen auszuschütten, ohne jede Garantie für Qualität oder Glaubwürdigkeit der Quellen. Wem soll man da glauben, in dieser Sintflut von ziellosen Nachrichten? Wem das eigene Vertrauen schenken, die eigenen Zweifel, die eigenen Fragen anvertrauen? Die Ideologien sind untergegangen, die Glaubensrichtungen erklären nicht wirklich die Natur des Bösen, das sich durch die Geschichte und die Lebensläufe zieht. Die Intellektuellen sind zu Gespenstern geworden, die die Diagramme der verkauften Auflage anstarren und höchstens noch das Recht in Anspruch nehmen, im Notfall die Feuerwehr zu rufen.

Menschen wie Camus oder Pasolini hatten die Qualitäten, die Weitsichtigkeit, die moralische Autorität, ein Urteil über die Realität abzugeben, Wahlmöglichkeiten nahezulegen, Prinzipien zu verteidigen, an die Parameter der Zivilisation zu erinnern, bei denen man nicht nachgeben darf, ohne Angst, die Geheimnisse und Missbräuche der Macht offenzulegen und der Stimme der Schwächsten, der Ausgebeuteten, der Besiegten Gehör zu verschaffen.

Ihr Verschwinden hat jeden von uns einsamer gemacht und hat den Machthabern riesige Geländegewinne für ihre Willkür sowie eine bequeme, ungestörte Handlungsfreiheit beschert. Vielleicht hätte ihr Kämpfen, ihr Widerstehen an der Mauerbresche von Kultur und Denken den Niedergang der Rolle der Intellektuellen, deren Einfluss in der Gesellschaft und auf die öffentliche Meinung sich dramatisch verringert hat, verhindert oder verzögert.

In der Welt gehen die imperialistischen Kriege weiter, ganz nach Opportunitäten, über den Willen der Völker hinweg, natürlich unter dem Deckmantel nobler Prinzipien und sakrosankter humanitärer Gründe, gestützt von Philosophen und konkretisiert von Ölkonzernen, Waffenproduzenten und Baufirmen. Die Realität ist immer rationeller geworden, Macht und Profit sind die einzigen Logiken geblieben, die noch zählen, gereinigt von jeder altmodischen und nunmehr überflüssigen Rechtfertigung.

Albert Camus hat uns gelehrt, uns nicht zu ergeben. Er hat das Gesicht der Medusa gesehen, die Nemesis des 20. Jahrhunderts, den Nationalsozialismus. Und der Nationalsozialismus ist besiegt worden. Die Logiken der Gegenwart sind zynischer, feiner, doch Camus' Worte können uns erleuchten und aufrichten, um nicht unsere Klarsicht und unsere Freiheit zuschanden werden zu lassen.

Das Absurde, das unsere Leben umgibt, ist nicht weit von der Strafe des Sisyphos entfernt. Aber es gibt »eine offensichtliche Gewissheit, die das Individuum aus seiner Einsamkeit zieht ... Ich revoltiere, also sind wir«. – »Der Kampf gegen Gipfel vermag ein Menschenherz auszufüllen. Wir müssen uns Sisyphos als einen glücklichen Menschen vorstellen.«

Es bleibt eine Hoffnung: Bevor die Welle der Zeit für immer die Spuren dessen tilgt, was rund um Albert Camus passiert ist – vom 15. März, dem Tag des schicksalhaften Vortrags in der Salle Wagram bis zum Unfall am 4. Januar 1960 –, bleibt zu hoffen, dass aus der Ferne und dem Geheimnis jener Ereignisse ein Beweis, ein Zeugnis, eine Stimme auftaucht, die, solange es möglich ist, zu uns darüber spricht, was zu dem tragischen Unfall geführt hat. Wer weiß, ob dieses Buch die Gelegenheit, der Funke sein könnte, der zur Wahrheit führt. Das schulden wir Albert Camus' Andenken.

Pravda vítězí – die Wahrheit wird siegen.

Die Enthüllungen von Jacques Vergès und andere aufschlussreiche Berichte

Das Buch, das Sie gerade zu Ende gelesen haben, wurde unter Anwesenheit der Journalistin Antonella Flori in der Buchhandlung Centofiori in Mailand am 14. Mai 2014 vorgestellt. Im Publikum saß eine Berühmtheit: der herausragende italienische Anwalt und eine der Hauptfiguren bei dem Korruptionsverfahren »Mani pulite« (Saubere Hände) Giuliano Spazzali. Nach der Buchvorstellung bat Spazzali darum, eine bemerkenswerte Geschichte eines seiner Bekannten erzählen zu dürfen – des prominenten französischen Anwalts Jacques Vergès, der eine Schlüsselfigur im Frankreich des 20. Jahrhunderts war. Als engagierter Kommunist von Anfang an fiel Vergès bei französischen Gerichten auf, seitdem er einige Frauen verteidigt hatte, die während des algerischen Befreiungskrieges Anschläge verübt hatten. Es war Vergès, der Djamila Bouhired vor der beinahe sicheren Todesstrafe bewahrt hatte, eine Widerstandskämpferin, die später seine Frau wurde. Um sie zu retten, legte er das gesamte repressive System der französischen Armee offen, die in Algerien den Auftrag hatte, in einem verzweifelten Versuch das Streben nach Unabhängigkeit zu unterdrücken.

Seine Aktivitäten hätten Vergès fast das Leben gekostet: Die Organisation La Main Rouge (Die Rote Hand) hatte ihn im Visier, jene französische Geheimdiensttruppe, deren Ziel es war, die Anwälte, die für die FLN (die Nationale Befreiungsfront in Algerien) in Paris arbeiteten, zu treffen. Es war La Main Rouge, die am 21. Mai 1959 Amokrane Ould Aoudia erschoss. Vergès war der Nächste auf ihrer Liste, und er wurde nur verschont, weil sich General Paul Grossin, der Chef des französischen Auslandsgeheimdienstes (SDECE), für ihn einsetzte.

In den späten Sechzigern reiste Spazzali nach Frankreich, um sich um zahlreiche Prozesse zu kümmern, die politische Flüchtlinge aus Italien betrafen. Bei dieser Gelegenheit schloss er Freundschaft mit Vergès – eine Freundschaft aufgrund persönlicher wie beruflicher Nähe. Ihre Bekanntschaft währte viele Jahre, und Spazzali hatte die Gelegenheit, sich Vergès' Meinung zu Camus' Tod anzuhören.

Vergès war absolut überzeugt von dem, was er sagte, und betonte, dass die Version der Ereignisse, die er wiedergab, weniger eine parteiische Meinung als vielmehr die Schlussfolgerung aus harten Fakten darstelle, die er kenne. Er sagte, dass Camus' tödlicher Unfall in mühevoller Arbeit von einer KGB-Abteilung inszeniert und brav vom französischen Geheimdienst vertuscht worden sei. Spazzali sandte mir einen handgeschriebenen Bericht, um seine Geschichte zu untermauern:

Folgendes sind meine Erinnerungen an die Geschichte, die mir Vergès erzählte. Ich begegnete ihm – einem berühmten Anwalt, der für seine revolutionäre Verteidigung von FLN-Aktivisten während des Algerienkrieges bekannt war –, als er nach einem längeren »Ruhestand« gerade wieder angefangen hatte, in Paris als Anwalt zu arbeiten. Ich traf ihn mehrere Male in den Sechzigern, und es war jedes Mal ein bemerkenswertes Treffen. Vergès und ich verabredeten uns häufig aus Gründen, die nichts mit unserer Arbeit zu tun hatten. Zu der Zeit war Frankreich voll mit italienischen politischen »Flüchtlingen«, entweder schon verurteilt oder in Erwartung eines Schuldspruchs, und wir hatten es daher mit vielen Auslieferungsanträgen zu tun. Jedenfalls verließen wir häufig das Thema Arbeit – eine natürliche Neigung für Leute, die eigentlich andere Interessen haben als das Strafgesetzbuch. Während einer dieser Abschweifungen mit meinem erlesenen Freund deutete er an – oder vielmehr behauptete er fest –, was er selbst über Camus' Tod dachte. Vergès war überzeugt, dass der Schriftsteller nicht bei einem normalen Autounfall gestorben war. Tatsächlich behauptete er, dass der Unfall arrangiert worden sei.

Ich glaube, Vergès hatte mehr Beweise, als er mir damals mitteilen wollte. Andererseits habe ich mich zurückgehalten nachzufragen. Diskretion ist das beste Verhalten, wenn unerwartet heiße Eisen angesprochen werden. Ich habe nicht weiter nach-

geforscht, und doch erinnere ich mich, wie sicher Vergès sich war, dass der arrangierte Unfall vom KGB mit Rückendeckung des französischen Geheimdienstes geplant worden war.

Vergés war damals ziemlich nah dran an dem ganzen Geheimdienstzeug. Er war vor allem nah an den Kommunisten dran, die die Aktionen des NKWD und der GPU, beide geheimdienstliche Organisationen zur Verfolgung politischer Gegner und »Spione«, in Frankreich unterstützten. Die Aktivitäten der Sowjets beinhalteten zahllose Entführungen und Ermordungen von sowohl Oppositionellen als auch Flüchtlingen.

Sein Bericht ist extrem wichtig und stimmt mit den Aussagen vieler Zeitgenossen Camus' überein. Zahlreiche Zeugen erinnern sich, wie Camus nach der Veröffentlichung von »L'homme révolté« 1951 und dem Bruch mit Sartre ständig von der PCF (Kommunistische Partei Frankreichs) und einem Teil der französischen Linken angegriffen wurde, die ihn als »Faschisten« abstempelten und ihn boykottierten. Diese Einstellung scheint auch in einem Brief von Louis Aragon durch, genauso wie in der Presse, die der PCF nahestand.

Die Sowjets verabscheuten Camus, und er wurde öffentlich von der PCF bedroht, die, vor allem bei verdeckten Aktionen, aktiv mit dem KGB zusammenarbeitete. In den Jahren nach dem Krieg, vor allem in den Fünfzigern, wurde Frankreich von dem sowjetischen Geheimdienst besonders genau beobachtet, dessen Ziel es war, das enge Band zwischen Frankreich und Russland, das nach dem Zweiten Weltkrieg entstanden war, auszunutzen. Dies führte zu einem wachsenden Einfluss der UdSSR in der französischen Politik sowie zu immer mehr Spionage bis in die höchsten Machtzirkel hinein. Das letztliche Ergebnis dieser Entwicklung war der Bruch Frankreichs mit den USA und dem Rest Europas – ein Bruch, der sich alsbald 1966 in de Gaulles Entscheidung, die NATO zu verlassen, niederschlug.

Im Nachhinein können diese Ereignisse als massive Investition in Frankreich verstanden werden – ein fruchtbares Investment, das sich aus der angeborenen Furcht Frankreichs vor den USA speiste, die historisch und kulturell als rücksichts-

lose Kolonisten gesehen wurden. Es war eine beeindruckende politische Operation, und sie ließ eine breite Spur schriftlicher Quellen hinter sich zurück, nicht nur Geschichtsbücher, sondern auch Zeitschriften, die über die Jahre hinweg über die Skandale und verdeckten Aktivitäten des sowjetischen Geheimdienstes in Frankreich Auskunft geben.

Albert Camus wurde aus einem ganz präzisen Grund umgebracht: Er störte die Koalition zwischen der UdSSR und Frankreich. Er war ein unermüdlicher Gegner der sowjetischen Invasion in Ungarn, und er war eine Person von internationaler Berühmtheit. Dadurch, dass er sich offen mit Sartre und der Kommunistischen Partei Frankeichs überwarf, wurde Camus zu einem Hindernis des – nicht unbedingt transparenten – politischen Prozesses der Kooperation zwischen Paris und Moskau. Camus' prominente Persönlichkeit und seine wohlbekannte antisowjetische Einstellung erinnerten das französische Volk offen an den grausamen Imperialismus der UdSSR. Sowohl die französische als auch die sowjetische Regierung würden stark davon profitieren, wenn diese unerfreuliche Erinnerung zum Schweigen gebracht würde. Vielleicht sah die Staatsraison bei der stillschweigenden Verschwörung weg. Ein lange ausgeheckter Plan wurde schließlich ausgeführt, und Camus wurde getötet. Sein Autounfall wurde lediglich als Unfall betrachtet, und es fand keine eigentliche Untersuchung statt. Nach seinem Tod wurde er auf einen idealisierten Denkmalsockel gestellt, von wo aus er keinen Schaden mehr anrichten konnte. Hier, unter den größten Geistern Frankreichs, war sein scharfes, kritisches Urteil wirkungslos. Sartre und die Kommunisten beschleunigten Camus' Damnatio memoriae. *Die sowjetischen Spione, die jede Ebene der französischen Hierarchie durchdrungen hatten, waren jetzt frei, ihren Absichten nachzugehen und ihre Ziele zu erreichen.*

Gleich nach der Russischen Revolution wurde Paris zum Zielort einer sowjetischen Emigrationswelle und zugleich das schlagende Herz massiver Spionageaktivitäten. Die Agenten aus Moskau sollten Mitglieder der Weißen Bewegung im Exil entführen und ermorden. Solche Aktionen wurden von der französischen Kommunistischen Partei nicht nur begleitet, sondern auch unterstützt. Es gibt reichhaltige Quellen für skrupellose Fälle, in denen die PCF mit dem NKWD und dem KGB zusammengearbeitet hat.

Seit 1929 begann der Geheimdienst sogenannte Volkskorrespondenten zu beschäftigen, die offiziell in der Zeitschrift L'Humanité über die sozialen Konflikte in den Fabriken berichten sollten. Tatsächlich überbrachten die Volkskorrespondenten Informationen, die nach Möglichkeit die Sowjetarmee erreichen sollten. Unter ihnen befanden sich Claude Liogier, Izaiah Bir und Jacques Duclos, der später die Nummer zwei in der Partei werden sollte. Er arbeitete für die Komintern, und einer ihrer wichtigsten Stützpunkte war das Hôtel D'Alsace, in dem Oscar Wilde 1900 gestorben war. 1932 kam das Untergrundnetzwerk zum Stillstand, es folgten zahlreiche Verhaftungen, und erst nach dem Zweiten Weltkrieg setzte die PCF ihre Tätigkeit bei entscheidenden Spionageaufträgen fort.

Während die Spionage in Militär und Industrie die Kernaktivität war, wurden auch zahlreiche NKWD-Operationen ausgeführt, um Stalins Gegner auszulöschen: die Entführung des Generals der Weißen Garde Miller, die Tötung des Bankiers Dmitry Navashin, die mutmaßliche Ermordung von Leo Trotzkis Sohn 1937 und die Ermordung des rebellischen Agenten Ignaz Reiss in Lausanne in der Schweiz. Während des Zweiten Weltkrieges wurden Anstrengungen unternommen, um ein paar sowjetische Spione in der Gefolgschaft von General de Gaulle zu platzieren. Sie sollten sich nach dem Krieg in einer extrem privilegierten Lage befinden – und das ist der Punkt, an dem eine prominente Figur in einem recht schummrigen Nachkriegsszenario ihren Auftritt hat. Ein Mann, der später, 1944, von de Gaulle persönlich ernannt, Innenminister in der französischen Provisorischen Regierung wurde: Emmanuel d'Astier de La Vigerie. Zur gleichen Zeit wurde ein anderer französischer Geheimagent rekrutiert, der erst 1963 enttarnt werden sollte: George Pâques.

In den frühen Nachkriegsjahren befand sich der französische Geheimdienst, der im Dezember 1945 von DGER in SDECE umbenannt wurde, in einem traurigen Zustand. Colonel Passy, seit April 1945 Chef des Gaullistischen Spionagenetzwerks in London, feuerte praktisch das gesamte Personal, das bereits mit zu vielen gegnerischen Agenten und PCF-Kämpfern durchsetzt war. Diese Erneuerung, eifrig heruntergemacht durch die PCF, sogar auf den Seiten der Zeitschrift L'Humanité, schwächte und lähmte die Organisation und machte sie noch anfälliger für die Infiltrierung von verdeckten KGB- und GRU-Agenten.

Ein Beispiel dafür ist das von Sándor Radó, einem während des Krieges in Genf tätigen Sowjetagenten, der im Sommer 1944 dank gefälschter Papiere nach Frankreich gelangte. Ein KGB-Agent, der in den Sechzigern in den Westen überlief, behauptete, dass es einen Sowjetagenten gäbe, der sich bei Kriegsende in Südostfrankreich niedergelassen hätte. Die lokale PCF half ihm, eine falsche Identität anzunehmen, und er passte sich so gut ein, dass er sogar der Bürgermeister der Stadt wurde, in der er lebte.

Als die Alliierten Paris befreiten, konnte die PCF auf eine beträchtliche Menge von Polizisten zurückgreifen: 1945 waren von zweiundzwanzigtausend Pariser Agenten dreitausend ebenso Mitglieder der PCF. Das war die beste Zeit für die Kommunistische Partei, um ihre Polizisten dafür zu verwenden, alle falschen Identitäten zu produzieren, die sie brauchte. Die Nachkriegsjahre waren auch die geeignete Zeit für Leute, die mit der UdSSR verknüpft waren, um in den öffentlichen oder industriellen Sektor Frankreichs hineinzukommen.

Pierre Guay und Alexander Volodin, zwei berüchtigte französische Kollaborateure während der Nazibesatzung, konnten ihre trübe Vergangenheit mit Hilfe der PCF im Tausch gegen ihre Loyalität gegenüber der Partei reinwaschen. Sie erhielten gefälschte Akten, in denen jede Spur ihrer Verantwortung während des Krieges getilgt war. Mehr noch, ein DGER-Offizieller und PCF-Mitglied half ihnen durch den gesamten Prozess und bekam Volodin sogar in den Geheimdienst. Beide, Volodin und Guay, machten glänzende Karrieren an der Spitze des Gaul-

listischen Machtapparates. Sie verbrachten Jahre in unmittelbarer Nähe zu Sowjetagenten in Frankreich und spielten eine Schlüsselrolle in zahlreichen Ministerien. Obwohl sie bereits als frühere Kollaborateure entdeckt worden waren, waren sie praktisch unantastbar (die Anklagen gegen sie wurden gesperrt), und sie wurden, überraschend genug, niemals für ihre Verbrechen verurteilt.

Im Frühjahr 1962 erhielt General de Gaulle einen vertraulichen Brief von US-Präsident Kennedy. Er wurde durch einen speziellen Emissär überbracht, der ihn de Gaulle persönlich aushändigte. Er war eine Warnung: Ein Informant hatte ausgepackt. Kennedy warnte de Gaulle vor der sowjetischen Infiltration im französischen Geheimdienst – schlimmer noch: in de Gaulles eigenem Büro. Es gab keine sicheren Kommunikationswege mehr. Als Erstes schickte de Gaulle heimlich den General de Rougemont nach Washington, damit der aus dem Informanten ein Geständnis aus erster Hand herausholte. Die Befragung dauerte drei Tage, an deren Ende de Rougemont keine Zweifel hatte: Die Bedrohung war real, und sie war überall.

Der Maulwurf, der sich mit den Amerikanern einigte, war Anatoli Golizyn. Früher ein KGB-Offizier, war er im Dezember 1961 während eines Aufenthalts in Helsinki zum Westen übergelaufen. Er versorgte nun die USA mit einer großen Menge an wertvollen Informationen. Es war wie Manna vom Himmel für die USA, es befand sich nur ein Haar in der Suppe: Golizyn wusste die Namen der Informanten nicht, die er verriet. Er konnte nur darüber informieren, was sie taten und wo sie es taten. Dennoch führten seine Berichte zur Verhaftung etlicher sowjetischer Maulwürfe. Einer davon war Georges Pâques, der für die Nato arbeitete und auf frischer Tat ertappt wurde. Im August 1963 wurde er verhaftet, weil er Geheiminformationen an den Feind weitergegeben hatte. Wie auch immer, die französische Regierung ging mit Pâques wie mit vielen anderen unloyalen Agenten seltsam mild um. Die erste Verurteilung von Pâques lautete 1964 »lebenslänglich« wegen Hochverrats. Das Strafmaß wurde abgewandelt in zwanzig Jahre Gefängnis, und am

Ende wurde er 1970 von Präsident Pompidou begnadigt. Einer von Michel Debrés technischen Beratern in den frühen Sechzigern, Constantin Melnik, bestätigte, dass die Gaullistische Partei von KGB-Agenten nur so wimmelte und dass sie niemals gefasst wurden. Golizyn zufolge hatte sich an der Brust des SDECE ein KGB-Netzwerk eingenistet, das den Namen »Saphir« trug, in dem ein Dutzend Agenten tätig war. Golizyn wusste auch von dem Erneuerungsprozess, den der SDECE durchlaufen hatte, und er konnte die Namen zahlreicher Agenten nennen. Jetzt, wo ein so weites Netzwerk von Maulwürfen ans Licht gekommen war, war es leichter zu verstehen, warum so viele Geheimoperationen über die vergangenen Jahre fehlgeschlagen waren.

Die ruchloseste, aber auch die wichtigste darunter war die sogenannte »Operation Minos«, die von der CIA finanziert und vom SDECE unterstützt worden war. Die französische Armee hatte zahlreiche antikommunistische Flüchtlinge aus der Tschechoslowakei trainiert und sie dann mit Fallschirmen in der Slowakei abgesetzt, in der Hoffnung, sie könnten eine bewaffnete Widerstandsarmee aufstellen. Aber der tschechoslowakische Geheimdienst war vor diesem Plan gewarnt worden. Eine Kampftruppe wartete auf die abtrünnigen Fallschirmjäger, die wahrscheinlich wegen Hochverrats hingerichtet wurden. Nach dem Fehlschlag der Minos-Operation änderte die CIA ihre Ansichten über den französischen Geheimdienst und begann ihn mit Misstrauen zu betrachten.

Golizyn behauptete auch, dass ein früherer Minister aus de Gaulles unmittelbarem Umfeld sowie zahlreiche weitere französische Staatsmänner auf der sowjetischen Lohnliste stünden. Die Person, auf die sich Golizyn bezog, ist in den Kriegstagen in der Entourage von de Gaulle und sogar Minister in der Provisorischen Regierung des Generals gewesen. Wenige Namen kamen dafür in Frage, und unter ihnen befand sich der von Louis Joxe, auch wenn sich der Verdacht gegen ihn nie erhärtete. Joxe ist von 1945 bis 1946 Secrétaire général in der Provisorischen Regierung und von 1952 bis 1953 Botschafter in Moskau gewesen. Eine andere hochgradig verdächtige Person – und ziemlich beunruhigend, da ihre persönlichen Details sehr gut zu Golizyns Angaben passten – war kein Geringerer als Emmanuel d'Astier de La Vigerie, der Innenminister in de Gaulles Provisorischer Regierung 1944. D'Astier de La Vigerie ist außerdem bis zu ihrer Schließung 1964 der Herausgeber der von der PCF finanzierten Zeitung Libération gewesen (die Zeitung hat nichts mit der heutigen Libération zu tun). Auch wenn er vor dem Krieg der extremen Rechten angehörte, sprang er während der Résistance auf den Wagen der PCF auf. Dank der kommunistischen Stimmen erlangte er später seinen Parlamentssitz. Auf Vorschlag von Louis Aragon erhielt er 1957 den Internationalen Lenin-Friedenspreis für seine »Bemühungen bei der Friedenserhaltung«. D'Astier de La Vigerie war ein häufiger Gast in der UdSSR und heiratete eine Russin, die Tochter des früheren Botschafters Leonid Krassin. General Kriwitzki – einem der wichtigsten Sowjetagenten, der in den Westen geflohen und 1941 in einem Washingtoner Hotel ermordet worden war – zufolge war die Schattenpartei der PCF, die Union Progressiste, von d'Astier de La Vigerie und Pierre Cot, der Moskau ebenfalls nahestand, gegründet worden. D'Astier de La Vigerie gelangte an die Spitze des World Peace Council, den die Kominform eingerichtet hatte, und ging in der russischen Botschaft ein und aus. Als der ehemalige Präsident Vincent Auriol seine Memoiren über seine siebenjährige Amtszeit schrieb, notierte er: »Es gibt niemanden, den ich so verachte wie d'Astier de La Vigerie. Er ist nichts anderes als eine Bauernfigur in den Händen der PCF. Er ist immer zufriedengestellt, und er würde alles erlauben. Es muss eine Leiche in seinem Schrank geben. Was war das für ein Verbrechen, für das er sich genötigt sah, in dieser Weise zu bezahlen?«

D'Astier de La Vigerie hatte in den dreißiger Jahren zahlreiche rassistische und antisemitische Pamphlete geschrieben, sich dann aber während des Krieges de Gaulle und später der kommunistischen Partei angeschlossen. Von sich selbst sollte er als »sehr linksgerichteter Gaullist« sprechen, und sowohl de Gaulle als auch die Sowjets hielten sehr viel von ihm. 1948 kam es bei der Libération zum Streit mit Camus, den er wegen sei-

nes Pazifismus angriff: »Du bist ein Pazifist, und doch ist dein gesellschaftliches Engagement für Frieden wie eine Anti-Tuberkulose-Bewegung, die den Kranken zurückhält, anstatt die Ansteckung zu verhindern.«

Olivier Todd zufolge betrachtete Camus d'Astier de La Vigerie als Betrüger und prinzipienlosen Stalinisten. An Jean Daniel schrieb er: »Aragon, Casanova und Kanapa erfreuen sich ihrer Terrorherrschaft über uns bescheidene französische Schriftsteller, während d'Astier de La Vigerie sich so lange selbst belügt, bis er glaubt, ich sei die Bedrohung und könnte all die Opfer vergessen, die ihm stets völlig egal waren.«

Ihr Streit ging auf den Seiten von L'Action weiter sowie in der zweimonatlich erscheinenden La Gauche. Im Zentrum stand die Frage nach dem Marxismus und wie sich der Kapitalismus überwinden ließe. Camus' Standpunkt war eisern: »Wir werden niemals Konzentrationslager gutheißen.«

Solche Worte waren Schläge ins Gesicht für alle, die dem französischen Volk gern ein tadelloses Bild von der stalinistischen Gesellschaft gemalt hätten. Ihr wahres Ziel – ihr Feind Nummer eins – war nun Camus.

Die Memoiren von Oleg Kalugin, einem KGB-General, der nach dreißig Jahren Dienst für die UdSSR in den Westen geflohen war, wurden 1994 in den USA veröffentlicht und sind voller beunruhigender Aussagen über den französischen Geheimdienst. In diesen waren angeblich mehr Spione eingesickert als in jedem anderen westlichen Land. Kalugin schreibt: »Bevor ich 1973 in die Spionageabwehr eintrat, wusste ich schon, dass es viele Agenten von uns in Frankreich gab. Dennoch erstaunte mich die Anzahl hochrangiger Maulwürfe auf unserer Gehaltsliste bei der französischen Armee, dem Geheimdienst und der Spionageabwehr. Damals arbeitete ein Dutzend exzellenter Agenten für uns in Frankreich, und jeder war der Leiter seines Sektors. Wir hatten den französischen Geheimdienst fest in unserer Hand, der uns nur umso löchriger und mangelhafter erschien.«

Eine derartige Durchdringung konnte weit mehr als nur ein gemeinsames Ziel treffen, wie es bei Camus' Ermordung der Fall war. Sie konnte als unabhängiger Dienst arbeiten, unbemerkt von dem nicht korrumpierten Teil des Geheimdienstes. Jacques Vergès' Hinweise auf ein stillschweigendes Übereinkommen des französischen und des sowjetischen Geheimdienstes hinsichtlich Camus' Tod klingen da besonders verstörend. 1960, also im selben Jahr, in dem Camus starb, wurde eine Operation, die Chruschtschow anführte, ausgeführt, um Maurice Dejean, einen bestens bekannten französischen Botschafter von 1955 bis 1964, auf die Seite der UdSSR zu bringen. Chruschtschow sagte: »Frankreich ist das entscheidende Glied in der Kette, das Europa in unsere Hände bringen wird, und wir müssen die Kontrolle darüber gewinnen.«

Im Oktober 1959 lud de Gaulle Chruschtschow offiziell ein, ein paar Monate in Paris zu verbringen. Es ist kein Wunder, dass Albert Camus' Reaktion auf den Staatschef der UdSSR und dessen Außenpolitik nicht eben freundlich war. Frankreich und die UdSSR rückten immer näher zusammen, und Camus stand im Weg und warf einen mahnenden, unheilvollen Schatten auf beide Länder. Es mag zu dieser Zeit gewesen sein, dass man beschloss, dass Camus unbequem sei. Er war zu beliebt und zu charismatisch für die enger werdende französisch-sowjetische Beziehung.

Im späten März 1960 brach Chruschtschow zu einer wochenlangen Tour durch Frankreich auf und wurde von der PCF überall im Lande herzlich willkommen geheißen. Was hätten da die Mächte von Camus zu erwarten gehabt? Was, wenn er den illustren Gast öffentlich für die blutrünstige Besetzung Ungarns angeklagt hätte, für die blutige Unterdrückung Oppositioneller oder für den Gulag? Keiner der beteiligten diplomatischen Dienste hätte so eine feindliche Reaktion geduldet. Chruschtschow durfte nur als geeigneter Anführer einer angesehenen alliierten Macht gepriesen und willkommen geheißen werden.

Vinogradov, der Botschafter der UdSSR in Paris, ein genialer Mann und Bonvivant, wurde von den französischen Politikern und der Pariser Mittelklasse aufs Höchste geachtet, und er ließ nie ein öffentliches Event oder eine Feier aus. Mit de Gaulle war er seit Langem gut bekannt, und er ging regelmäßig in de Gaulles Alterssitz Colombey-les-Deux-Églises ein und aus, bevor der General an die Macht zurückkehrte. Frankreich und die UdSSR waren sich niemals näher gewesen. Sechs Jahre später sollte de Gaulle, von seinen nicht allzu sorglosen Beratern in die Irre geführt, den Austritt Frankreichs aus der NATO beschließen. Chruschtschows Besuch in Frankreich 1960 war wichtig, ein Meilenstein auf dem Weg der Kooperation zwischen Paris und Moskau – ein Ziel, das es um jeden Preis zu erreichen galt. Camus starb am 4. Januar desselben Jahres, bei hellem Tageslicht auf einer breiten, geraden, fast leeren Straße, die nach Paris führte. Chruschtschows Flugzeug sollte am 23. März in Orly landen, und keine misstönende Stimme würde übrig sein, um den mächtigen, wohlwollenden Willkommenschor zu stören.

Im Oktober 1956 drehte sich in Frankreich die öffentliche Debatte um den Eintritt Westdeutschlands in die Europäische Atomgemeinschaft. Genau damals tauchten zahlreiche anonyme Briefe auf, die von einer selbst ernannten bewaffneten Gruppe für die Unabhängigkeit Deutschlands stammen sollten und an Hunderte von prominenten Personen in Ostfrankreich (Bas-Rhin und Haut-Rhin) gerichtet waren. All diese Briefe trugen das Hakenkreuz und atmeten den Geist ewig gestriger Reichsverehrer. Sie nannten die Adressaten »französische Unterdrücker« und gaben ihrer Ablehnung der Besetzung von Elsass-Lothringen Ausdruck. Alle Franzosen wurden bedroht, sollten sie ihre verkommene, korrupte Kultur den Besetzten aufzwingen wollen. Eine besonders harte Bestrafung sollte den französischen »Spionen, Agenten und Lehrern« für ihre Verbrechen drohen. Die französische Polizei wusste rein gar nichts von einer solchen bewaffneten Gruppe. Ihre Untersuchungen waren daher nachlässig, mit dem Ergebnis, dass dieser spezielle »Kampfverband« nichts anderes war als eine kleine Neonazigruppe aus Hamburg.

Am 14. Mai 1957 lud der Präfekt von Straßburg, André-Marie Trémeaud, verschiedene Personen zur Abschlusszeremonie der Verhandlungen über die Europäische Kohle- und Stahlunion in seine Residenz ein. An diesem Morgen hatte der Präfekt eine

Schachtel Havanna-Zigarren erhalten, deren Absender angeblich der europäische Handelsvertreter von Havanna war. Trémeauds Sekretärin brachte ihm die Zigarren, und er verstaute sie in seiner Schublade, in der Absicht, sie später in der Nacht seinen Partygästen anzubieten. Doch die Zigarrenschachtel wurde vergessen, und niemand rührte sie an, bis am 17. Mai, als sich der Präfekt, während er auf die Gäste einer anderen Party wartete, daran erinnerte und sie seiner Frau aushändigte, damit sie sie den Gästen anbieten könnte. Madame Henriette Trémeaud stieg die Treppe hinauf und bat ihr Zimmermädchen, ein Tablett zu besorgen, auf dem man die Zigarren ausbreiten könnte. Dann öffnete sie die Schachtel. Eine ohrenbetäubende Explosion zerriss den Raum. Trémeauds Frau war sofort tot. Bei den Ermittlungen fand die Polizei heraus, dass die Adresse des Absenders auf der Zigarrenschachtel mit derselben Schreibmaschine geschrieben war, die auch vom »Kampfverband« benutzt worden war. Die französische Presse begann, die Angst vor einer Rückkehr des Naziextremismus in Deutschland zu säen, doch die Ermittlungen liefen ins Leere. Die seltsame Nazigruppe schien unauffindbar zu sein.

1968 lief Ladislav Bittman, ein Agent des tschechischen Geheimdienstes StB, der auf Desinformation spezialisiert war, in den Westen über und brachte endlich Licht in den Trémeaud-Fall. Die ganze Operation diente dem Ziel, die Beziehungen zwischen Frankreich und Deutschland zu unterminieren, und war vom KGB in Moskau arrangiert worden. Der StB war damit beauftragt worden, sie auszuführen. Nachdem die anonymen Neonazibriefe versendet worden waren, wurden vier Agenten des tschechischen Geheimdienstes nach Paris geschickt. Miloslav Kouba, Robert Ther, Milan Kopecky und Stanislas Tomes. Sie waren es, die die Paketbombe an Präfekt Trémeaud von einer Poststelle am Boulevard Diderot gesandt hatten. Ihr letztliches Ziel war es, die Europäische Wirtschaftsgemeinschaft und den Europäischen Binnenmarkt zu torpedieren, der am 1. Januar 1958 in Kraft treten sollte. Der Urheber dieses Plans war KGB-General Ivan Agayants. Er sollte seine Absichten, Europa zu destabilisieren und West-Deutschland zu diffamieren, bis in die sechziger Jahre weiterverfolgen, indem er die Furcht vor einer Neonazibewegung schürte und zahlreiche Entweihungen von Synagogen, jüdischen Friedhöfen und israelitischen Denkmälern in Europa und weltweit arrangierte. Die Entweihungen begannen in Köln am 25. Dezember 1959 und wurden in Antwerpen, Kopenhagen, London, Glasgow, Mailand, Paris, Stockholm und Wien am 31. Dezember fortgesetzt. Am 3. Januar 1960 wurden Ziele in Athen, Manchester, Melbourne und Perth attackiert, und am 6. Januar gab es Entweihungen in Buenos Aires und Bogota. Das war der Höhepunkt der Aktivitäten des KGB und des StB. Frankreich und Deutschland waren das Ziel der Destabilisierungspläne beider Geheimdienste.

Albert Camus war der Nächste, der fallen sollte, auf einer breiten, geraden und leeren Straße, wenige Kilometer von Paris entfernt, am 4. Januar 1960.

Danksagung

Der Autor dankt Marie Zábranová für ihre Unterstützung, das Zur-Verfügung-Stellen der Dokumente und ihre Ermutigung. Er dankt Herbert Lottman und Marianne Véron Lottman für ihre Freundschaft, ihre Kooperationsbereitschaft und die wertvollen Informationen.

Personen- und Sachregister

Andropow, Juri Wladimirowitsch – Botschafter der UdSSR in Ungarn und späterer Generalsekretär der KPdSU nach Breschnew

Gomułka, Władysław – polnischer Politiker, der infolge der politischen Unruhen im Herbst 1956 zum Chef der Polnischen Vereinigten Arbeiterpartei wurde

Komsomol – die Jugendorganisation der KPdSU

Kriwitzki, Walter Germanowitsch – General des sowjetischen Militärnachrichtendienstes GRU

Laušman, Bohumil – Mitglied der Tschechischen Sozialdemokratischen Partei ČSSD, deren Vorsitz er bis 1948 innehatte; stellvertretender Ministerpräsident in der Regierung Klement Gottwald II

Mikojan, Anastas – stellvertretender Ministerpräsident der UdSSR unter Bulganin und Chruschtschow

Odeon-Verlag – berühmter tschechoslowakischer Verlag, bei dem sich auch international bekannte Schriftsteller wie John Steinbeck, Graham Greene, Heinrich Böll u. v. a. trafen

Rákosi, Mátyás – ungarischer kommunistischer Politiker, Stalinist, herrschte von 1949 bis 1956 in Ungarn als Diktator

Schepilow, Dmitri Trofimowitsch – Außenminister der UdSSR von 1956 bis 1957

Suslow, Michail Andrejewitsch – Sekretär des Zentralkomitees der KPdSU

Literaturangaben der deutschen Übersetzung

S. 7: »Es geht darum, unversöhnt …« übersetzt nach: Albert Camus, Le mythe de Sisyphe, Gallimard 1942, S. 78.

S. 7: »Das Unrecht, das nicht im Laufe des Lebens …«, Jan Zábrana übersetzt nach: Giovanni Catelli, Camus deve morire, Nutrimenti 2013, S. 9.

S. 9: »In diesem beunruhigenden Buch …«, Paul Auster übersetzt nach: Giovanni Catelli, The Death of Camus, Übs. Andrew Tanzi, Hurst & Co. 2020, S. xix.

S. 30: »Von einem Mann, der viele Sachen weiß …« übersetzt nach: Jan Zábrana, Celý život (2) Výbor z deníkú 5. Listopadu 1976 Cervenec 1984, TORST 1992, S. 833.

S. 34: »Die Erde dreht sich weiter …« übersetzt nach: Albert Camus, Œuvres complètes IV 1957–1959, Gallimard 2008, S. 573.

S. 34: »Da Außenminister Schepilow …« übersetzt nach: Albert Camus, Œuvres complètes IV 1957–1959, Gallimard 2008, S. 565.

S. 40: »Die Presse, darunter der Franc-Tireur …«, Albert Camus übersetzt nach: Giovanni Catelli, Camus deve morire, Nutrimenti 2013, S. 46.

S. 44: »Die einzige Sache, die ich heute …«, Albert Camus übersetzt nach: Giovanni Catelli, Camus deve morire, Nutrimenti 2013, S. 49.

S. 48: »Was für uns vor zwanzig Jahren …« übersetzt nach: Albert Camus, Œuvres complètes IV 1957–1959, Gallimard 2008, S. 563 ff.

S. 107: »Lieber Boris Pasternak ...«, Albert Camus übersetzt nach: Giovanni Catelli, Camus deve morire, Nutrimenti 2013, S. 120.

S. 108: »Lieber Herr, ich kann kaum ...«, Boris Pasternak übersetzt nach: Giovanni Catelli, Camus deve morire, Nutrimenti 2013, S. 120.

S. 109: »Lieber und großer Freund ...« Boris Pasternak übersetzt nach: Giovanni Catelli, Camus deve morire, Nutrimenti 2013, S. 121.

S. 125: »Ein korrekter und notwendiger Akt ...« übersetzt nach: Albert Camus, Œuvres complètes IV 1957–1959, Gallimard 2008, S. 596 ff.

S. 131: »Ich liebe die Schönheit ...« übersetzt nach: Albert Camus, Œuvres complètes III 1949–1956, Gallimard 2008, S. 13.

S. 131: »Ich verlange nur eine Sache ...« übersetzt nach: Albert Camus, Carnets III, Gallimard 2008, S. 13.

S. 140: »eine offensichtliche Gewissheit ...« übersetzt nach: Albert Camus, L'homme révolté, Gallimard 1951, S. 38.

S. 140: »Der Kampf gegen Gipfel ...« zitiert aus: Albert Camus, Der Mythos von Sisyphos, Übs. Hans Georg Brenner & Wolfdietrich Rasch, Rowohlt (1956) 1983, S. 101.

S. 143: »Folgendes sind meine Erinnerungen ...« übersetzt nach: Giovanni Catelli, The Death of Camus, Übs. Andrew Tanzi, Hurst & Co. 2020.